故乡

谭谈——著

严伯霖 谭速成——摄

天津出版传媒集团
百花文艺出版社

图书在版编目（CIP）数据

故乡 / 谭谈著. -- 天津：百花文艺出版社，2025.
1. -- ISBN 978-7-5306-9015-4
Ⅰ. I267
中国国家版本馆CIP数据核字第2024AZ0052号

故　乡
GUXIANG
谭谈　著

出 版 人：薛印胜　　**统筹策划：**周超贤
责任编辑：王　欣　　**装帧设计：**云上雅集
出版发行：百花文艺出版社
地址：天津市和平区西康路35号　**邮编：**300051
电话传真：+86-22-23332651（发行部）
+86-22-23332656（总编室）
+86-22-23332478（邮购部）
网址：http：//www.baihuawenyi.com
印刷：长沙市精宏印务有限公司
开本：710毫米×1000毫米　1/16
字数：150千字
印张：16
版次：2025年1月第1版
印次：2025年1月第1次印刷
定价：98.00元

如有印装质量问题，请与长沙市精宏印务有限公司联系调换
地址：长沙市开福区德雅路1246号
电话：（0731）85817162
邮编：410023

谨以本书献给养育我们的故乡

白马湖

故乡，
是每个作家创作的养料库。
我毫不夸张地说，
自己所有的作品，
无论小说还是散文，
都带有浓浓的故乡印记。

目录 CONTENTS

老家

老家，一个沉甸甸的感叹号，常常敲击着我的心扉！

少小离家，闯荡天下，不觉几十年已过去。一眨眼，我已五十二岁了。人之将老，怀念老家之情尤烈。半年多以前，当组织上支持我下基层深入生活的时候，我毫不犹豫地选择了娄底。为什么？因为那里是我的老家。

涟源是我的老家，娄底是我的老家，但那都是广义上的。我实实

在在的老家，是涟源中部那座石头山下的小村子。那里，山不青，水不秀，可谓不毛之地。山上都是形态不美的岩石。自然，这样的地方，树长不出来，草也长不高。山不青，水当然就不秀了。山上也有一条沟，那是下暴雨的时候，山洪冲出来的。平日，沟里不可能有潺潺流水。可是，这座山，却有一个非常美丽的名字——花山岭。这个名字，寄托着我们的祖先一个多么美好的愿望啊！

有道是："子不嫌母丑。"我是从这片土地上来到人世的。就是这座山，就是这片土，养育了我。不管我如今走到了什么地方，住在什么大都市，生活在什么美好的环境里，这里，都有一根无形的线，牢牢地拴着我的心。年纪越大，这根线就拴得越紧。念故土、思老家之

花山岭下是家园

一幢一幢新修的红砖楼房排队一样立在故乡的山上山下

情，就愈深愈烈。

一个冬日，我又一次回到了这座石山下面。天近黄昏，在苍苍暮色里，我远远地看到一幢近几年来被拆得七零八落的老屋，不屈地、顽强地耸立在一座比它更为古老的石山下面。它的对面，一条新修的简易公路，盖住了、取代了给我孩提时代留下多少欢乐的青石板路。公路两侧，一幢一幢新修的红砖楼房排队一样拉成了一条小街。它们，都是从石山下面那老屋里迁出来的，是老屋的后代，是老屋的子孙。改革开放以来，这些老屋里的子民，通过种种途径，积攒了一点钱。手里有了一点钱，他们心里最大的愿望，就是盖一幢像样一点的屋。他们瞄准了对门那条公路，屋挨着公路，出门方便，财路也多。这些年，民间不是流传着这样一句话吗，要想富，修公路。于是，他们决心从石山下面那幢居住了几代人的老屋里搬出来，到公路边盖一幢新屋。有些人家，积攒的钱财还不够，需要拆掉老屋，把老屋上一些可用的材料补充进来，才能盖成新屋。一年又一年，公路旁边的新屋多起来了，而老屋呢，却被东一处西一处地拆掉了。

一幢十分完整的老屋变得七零八落了。老屋，彻底地衰败了。

我在那条建满了新屋的公路边下了车。对面，就是那座有一个美丽的名字的石山。石山下面，则是接我来到人世间的那幢老屋。老屋与公路之间，隔着一片田垄。暮色更浓了。在沉沉暮色下，老屋在这片新的红砖楼房面前，显得十分矮小。然而，它在我的面前——不，是在我的心里，却透出一种无比崇高的威严和不屈。顷刻间，一种悲壮意味的热辣辣的情感，滚动在我的胸中……

这幢老屋，还是我的太祖带领他的六个儿子——也就是我曾祖的六兄弟建的。每个儿子建两个厅堂，十六间房子，另加若干的杂屋，诸如猪栏牛栏之类，组成一个单元。总共有六个单元，十几个厅堂，两百多间房子。而每个单元之间，都有走廊连接。下雨的时候，从西边这个单元走到东边那个单元，有半里多，却不会踩湿脚。屋子中间，还有一眼塘。一股泉水从后山流入这眼塘里，再从这眼塘里流进屋子前面的田垄里。母亲和我的一些远远近近的婶婶，就在这眼塘里洗衣服、洗猪菜。劳作中，她们相互诉说家长里短，亲亲密密。欢声笑语，常常塞满屋中的这眼水塘……家家户户都在这里洗衣洗菜，塘里的水很肥，鱼长得飞快，小鱼小虾也特别多。农事闲下来的时候，就有大人用小罾到这塘里来网鱼崽子。好多好多的细伢子就围着观看。我也常常是这些细伢子中的一个。当大人用特制的铁钩钩住浮在水面上的小木板，开始往上提小罾时，我们的心也被提起来了。小罾快出水面时，所有围观的细伢子的小眼睛，都瞪得圆圆的。只见小罾的四角出

水面了，被网住的鱼崽子在中间挣扎，弹得水花四溅，我们便跳跃欢呼起来。鱼崽子被捞上来以后，倒进一个木盆里。我们蹲在木盆边，看那些在水中慌慌张张游动的鱼崽子，一、二、三、四……数也数不清。有一天晚上，我们家里杀了一只鸡，母亲把鸡肠子、鸡食袋留了下来，放进一个竹制的、捞鱼崽子的罐里，然后把罐放在塘里。半夜里，母亲起来起罐，我也跟着来了。罐被起出水面时，只听到里面叭叭的响声不断传出。回到家里亮起灯一看，好家伙，几十条肥肥的、或圆或扁的鱼崽子，足有半斤重……每逢过年，我们这些细伢，就挨家挨户去拜年。回来的时候，衣袋子里塞满喷香的落花生、清甜的红薯皮……老屋呀，你给我的童年——不，你给我的人生，留下了多少的欢乐啊！

如今，老屋被它养育的后人们冷落了。他们离开了老屋，在热热闹闹的公路边建起了新屋。老屋十分宽容，为后人过上美好的新生活的美好而欣慰。当然，也有对自己兴旺岁月的依恋，它把一种说不清楚的惆怅和不屈深深地埋在心里。我想，也许我的后辈们在他们的新屋里有新的欢乐。但是，老屋里，或者说大屋里，这种代代之间的、这房人与那房人之间的亲情，这种大家庭中特有的温馨，恐怕是永远寻找不到，享受不到了。有道是："世上没有不散的筵席。"一幢老屋，不可能十数代人接连居住下去。它总有被弃失、拆除的一天。新的一代人，抵挡不住外面那个精彩的世界的诱惑，要去寻找新的生活。他们要告别这里，要去外面闯荡，要到更广阔的世界去创造自己的人生，要按照自己的志趣去生活。追求新的，自然就会放弃一些旧的。有些东西，只有当我们失去它们以后，才觉得它们的珍贵。但再珍贵，也得失去。这种失去是沉重的。也许，历史就是在这种沉重中向前挪动了一步。

我在老屋待了两天。我住老屋里。对我来说，新屋再舒适，也没有老屋亲切。活动在新屋、老屋里的一个个身影，多是我的后辈。对他们，我十分陌生。我十三四岁就离开了这里，这些年来，我虽然间或回来一两次，但多是待半个小时就走，对我的同辈，也有许多不敢认了。只有对我的长辈，我都认得，哪怕他变得再老。当年，我是仰着头看他们的，刻在心里的印象太深了。夜幕降临了，新屋、老屋的电灯都亮了。好多年以前，老家就告别了桐油灯、煤油灯时代，家家户户亮起了电灯。那要当"半年粮"的红薯，也在改革开放的年月里，从人吃的饭锅里移到猪吃的潲锅里了。农家的生活，实实在在地变好了。

在八十岁高龄的父亲的引导下，我连夜走访了几家亲房，多是我的长辈。他们都是乡村教师，或在外地，或在本地的山村小学、中学任教几十年，经过他们的教育，踏进大学殿堂，然后成了大器、做了大事的学生，数不胜数。而他们，却最终回到了这里，这个风景并不秀丽的山村，过着十分简朴的生活。他们对自己的生活，很满足。和他们交谈起来，总是谈自己的学生如何有出息，总是谈这家或那家屋里的晚辈们如何为父辈争气。说某某考上了名牌大学，某某则到某国留学去了，某某又……说起这些来，他们一个个眉飞色舞，如数家珍。我突然觉得，这些可爱的老人，也是“老屋”，一幢精神的“老屋”！

老屋，正被一点一点地拆除。或许在不久的日子里，它就会在一片新屋的包围中离开这个世界。但，一幢无形的老屋，会在它养育的子民们的心里，长久长久地耸立着，永远也不会拆除。老屋啊，你是有灵魂的。这个灵魂，就是一个家族的精神——不，一个民族的精神！

在几位长辈家里坐了坐后，已是深夜十点多了。我和父亲回到自己的家中来。路上，一向关心时局的父亲，突然问我：“九七，香港能顺利回归吗？”

“会的。”我十分肯定地回答，“回家嘛，谁也挡不住。”

是啊，祖国，是我们所有中国人的老家！老家，你使我精神变得富有。祖国，你使所有中国人的精神变得富有！

原载于1997年2月26日《人民日报》

故乡那座城

谁没有自己的故乡？谁又不眷恋养育自己的那片故土？

故乡，给客居异地他乡的游子以无限深长的情，以无边无际的爱。如慈母般，给予你永久永久的温暖，像灯塔一样，照亮你漫长的人生……

突然，我填写了多少年的籍贯，要更改一个字了：涟源县（市）娄底镇，升格为娄底市了。城市，世间繁华之所，人间幸福之地！我们曾经疯狂地向往过，希望我们这个镇子，成十上百倍地扩大，变得像湘潭、衡阳般地耀目！

那一年，这个美妙的梦，还真的闪过一回光。

涟水河上，驶来了一条条大船、小船；简易公路上，开来了一辆辆货车、客车。一批批洋的、土的机器运来了，一队队男人、女人运来了。有些，来自东北钢都；有些，来自闹市上海。我们这个镇子上，那亲亲切切的乡音里，猛然间插进来了许多的南腔北调，听来虽然陌生、刺耳，却也颇觉新鲜、热闹。

很快地，一个全省闻名的大工厂——涟源钢铁厂，就在那昔日荒凉的黄泥塘、洪家洲耸立起来，与我们这个沿河伸展的镇子，隔水相望。在一阵鞭炮声中，镇变为市了。青砖黑瓦的民房群里，出现了两栋三层楼的红砖房。这就是当年市委、市政府的办公楼。很快地，这道城市之光，这道美梦之光，熄灭了。而这两栋红砖房都留下了，并

夜色中的涟钢

且留给了人们一个深长的叹号和问号！

回来了，我的故乡！回来了，我的小镇！

河，还是那条河吗？今日，你为什么变得这样这样的小了，这样这样的老了，这样这样的冷落了呢？

这河，曾经装满了我儿时的欢乐！

夏天，我和我的伙伴们，光着屁股，在这里游水、嬉戏、摸鱼虾，别提有多么痛快了。那清凉的河水，洗去了一身的暑气，使我们觉得透身的舒服。有时，我们三个一边，两个一起，用手向对方猛泼水，打一场激烈的“水仗”。那被我们泼起的水花，在阳光下起落，银珠一样地耀目。

汛期，河里发大水。我们和大人一道，在河边架起罾去捞鱼。每当大人们把罾起出水面的时候，我那颗装满希望的心，也一起往上提，一直提到喉咙口。罾快出水面了，看到有鱼跳，我无比欢欣；看到水

发展中的娄底市城区

面平静，没有鱼的踪影，我又无比沮丧！有时，站在屋后的吊脚楼上观水势，我常常被河水那浩荡奔腾、一泻千里的气势所陶醉！河水越涨越猛，眼看就要漫上街面，一间间铺面、一个个家庭慌乱了。健壮的男子和女子，这些家庭的主心骨，抱着家里值钱的东西，拉着动作迟缓的老人和小孩，往后山上撤。那场面，虽然充满焦虑、惊慌和恐怖，事后想来，却也有几许乐趣！如今，故乡这条河啊，为什么没有那个气势、没有那些乐趣了呢？当年，我感到你是那样的宽、那样的大！今天……这到底是你变小了，还是我长大了？是啊，我在外面闯荡了几十年，见过黄河、长江，也到过东海、南海……我突然醒悟了：这是外面那个很大很大的世界，在我的眼里，把你挤小了，挤小了！

街，还是那条街吗？不，也变了。街面上的麻石板没有了，变成了水泥板。那些麻石板，每一块上面都留有我儿时温暖的记忆。我真想将它寻回来，拾起来，而它却不见了。甚至连铺子后面的吊脚楼，也变成水泥阳台了。留给我的，只是依恋和伤感。在我儿时的眼里，街也是很宽很宽的，很长很长的，且是非常繁华和热闹的。如今，这一切都在这里消失了，不知拱到什么地方去了。

难道，这就是市？

我真茫然，难以自答。

我真想啊，真想寻找回来你当年的繁荣、你当年的风姿！

穿过这条沿河老街，爬上一个小小的坡，我的眼前突然变得无比开阔！十字街头的红绿灯，指挥着来往穿梭的车辆；雄伟漂亮的高楼，铺满了这一方天地。这么宽的街道，这么美的街心花坛，这么别致的街中喷泉，这么雄伟的塑像，这么有气势的商场……这是哪里？我想起了北京的长安街，我想起了长沙的五一路。不，这不是长安街，也不是五一路。这就是今天的娄底，就是从这个小镇、从那条老街蜕变出来的新娄底！

这是梦吗？

是的，这是一个无比美妙的梦！

这是现实吗？

是的，这是再真实不过的现实！

十年前，在那个留有深长历史性感叹号的年代里，在这里做过“市”的美梦的老干部、当年一闪即逝的市委书记，又回到了这个小镇。如今他带回来的，是一个地委的指挥机关。他是地委副书记，兼任城市建设指挥部的政委，领衔来描绘新娄底的蓝图。想不到，这个身材矮小、看去并不健壮的“老革命”，竟有一个如此宽广的胸怀！他说：“我们不是要为地委、行署安一个窝，而是要建起一个有利生产、方便生活、现代化的新城！要在公园里建城，建一座公园式的城！我们的眼光，至少要投放到五十年以后。那时，我们的后人，不要为了拓宽街道而来拆掉房屋，来骂我们，说我们目光短浅。”于是，一个三板块结构、宽四十米、街道两旁各留二十米绿化带、建筑物之间相距八十米、气魄宏大的大街的蓝图画出来了。

世界上最可尊敬的，是勤劳勇敢的人民！生息在这块土地上的我那可亲可敬的父老乡亲，在建城的消息传出几天之后，开着手扶拖拉机，挑着扁担、箢箕，来到这片荒地上。不到一个月，这里汇集了一万三千多人的施工大军。用推土机、拖拉机，更多的是用勤劳的双手和敢挑重担的肩膀，削平了五十多个山头，填平了难以计数的山洼。短短七八年时间，这片荒地上，建起了主干道、次干道、区干道、区小道……大大小小二十一条街道。一座新城，奇迹般地崛起在这片荒地上！

如果说，这座新城，是湘中工业的一片新天地，那么这里——涟源钢铁厂，就是这片新天地的月亮。当年，是它那通红的炉火，招来了一个一闪即逝的城。城逝了，它留下了。它用其顽强的生命力，用其强大的诱惑力，硬是把流走了的城，又呼唤回来了。每年，它那滚

娄底新貌

烫的炉膛里，流出了五十多万吨的铁、五十多万吨的钢，献给国家二点五亿元的财富！

八年前，这座城刚建起来的时候，这片新天地天空中，除了涟钢这轮璀璨夺目的月亮以外，再没有一颗亮一点的星。工业产值，每年仅三百多万元，只有“一个半”小工厂。那就是：原涟源县的娄底机瓦厂和涟源印刷厂设在娄底的一个车间。这里的工业，真是少到了极点！相传，这里曾是二十八星宿中的娄星和氐星相会争耀的地方。为此，先祖们将这里冠名为“娄氐”，后来才演变为“娄底”。星神啊，如今为什么不在这里争耀闪光了呢？终于，一颗颗新星，从这里升起来了，远不只是那两颗星了。毛巾厂、舒美绒厂、彩色水泥厂、皮革厂、塑料厂、大理石厂、橡胶厂、纺织厂、内衣厂……闪烁着耀眼的光彩，散发着勃勃的生机，出现在这个不足十岁的城市里，构成了一个众星捧月的可喜局面。如今，全市每年的工业产值，接近了五亿元！这个年轻的工厂群，还造就了一个年轻的厂长群。他们也是一颗颗新星。这是一颗颗改革者的新星。他们闪烁在湖南、全国改革者的众星中！

我又回来了，回到了留有童趣的沿河长街上。是的，你老了。你也该老了。屈指算算，你是千岁老翁了。远在宋代熙宁年间，你就是这一带山乡有名的集镇了。因为南宋时此地出了一位神童，而被冠为“神童湾”。从此，这个地方便具有了传奇色彩。你的光芒，耀眼了近千年，直到今天，你才在这座新城面前，变得黯然失色。如今，新城的人们，送给你一个十分贴切的名字：娄底老街。你，成了这座城市的“第三世界”：贫穷而不发达的地区。不！你是这座城市的历史博物馆。这城的兴兴衰衰，这城的风风雨雨，全留在你的眼里，全装在你的心里！我和我童年的伙伴，会经常回来看你、亲你，老街！带着对童年无边无际的依恋，也带着与昨天告别的莫名其妙的哀伤……

老街啊，你就服了这个输吧，认了这个老吧！没有老，又哪来的新？没有父，又哪来的子？人类，不就是这样走过来的吗？历史，不就是这样走过去的吗？

新城，你才八岁，相当于人的童年时代，就有了这般魁梧的模样！当你到血气方刚的青年、年富力强的壮年的时候，你该会变成一副什么模样？

新城新的一代建设者们，又在描绘新城明天的蓝图！

啊，明天！多么诱人的故乡的明天，多么诱人的新城的明天！

原载于1988年7月13日《城乡建设报》

此文系同题电视专题片脚本

揽月古道

五十年人生旅程，我走过了南南北北的名山胜水，留下了数不清的美好的记忆。然而，在我心的深处，最难忘的要数你呵——这条百丈悬崖中的小道。

一场大病，让我在医院里关了四个月。我走出医院，即奔赴生活的海洋，去呼吸一点时代的新鲜空气。一走就是八个县。

这一天，我来到了我的故乡——湖南涟源。涟源位于三湘腹地，是一片多情的山地。过去叫县，前几年改为市了。说是“市”，实际上仍是一片山地。这也许是这里地下的“宝”多，遍地是“矿”，“矿”多了，就有“市”了。

市里正在开大会，庆祝近日被国家有关部门授予“拥军模范城”。我稀里糊涂地被市委领导拉上了主席台。散会后，市委书记建议我到湄江去看看。

“湄江？不就是一个水库？多年前就去看过了。我还在报上写过一篇《湄江，迷人的江》呢！”

“老皇历了。最近，发现了许多奇妙无比的景点。有一位报纸总编到那里看了后说，他真找不到什么词来形容了！”

这一番话，使我动心了。于是前去旧地重游了。

那次来时，这里正在修水库。我是到水库工地上来参观的。如今，水库修好了。一座七八十米高的混凝土大坝，立在两山之间，锁住一

第二届娄底市旅游发展大会期间，谭谈和一群作家、艺术家在湄江风景区采风

湖绿水。湄江，就这样被这道大坝活生生地截断了。

由于湄江在出山口处被这道威严的大坝截断，大坝前面，就显得异常开阔。河流在这里变得平缓了，像一个羞涩的村姑，依偎在一片绿色的田野边。田野右侧，却陡地耸立着一堵石崖。这堵石崖从水库大坝处延伸过来，长足有一千米，高足有二百米。远远地看去，它像是从天宫中垂下来的一块天幕！这天幕后面呢，一定藏着天宫中的许多秘密！

正是初秋，是植物生命最鼎盛的时期。石崖的中间，很整齐、很规则地长出一些绿草，形成一条长长的绿茵茵的带子，在三分之一的

高处有一条绿带，在三分之二的高处又有一条绿带。把这堵石崖很匀称地分为三段。

“路在哪里？”我问。

“在那三分之二高处的绿带里。”

“真的？”

我兴致勃勃地和几个年轻人去寻觅这堵石崖上的路了。临走时，又来了一个老者。白发红颜，上着白衣，下穿短裤，并背了一顶草帽。看来，他已做了一番充分的准备。他曾在这个乡担任过乡党委书记，如今退休在家了。

我们从大坝右边踏上了一条山路。靠大坝这边的一段山，还未到垂直的程度，尚能容纳一个“之”字又一个“之”字往上延伸的山路。当每个人身上的衣服全部被汗水湿透了的时候，我们攀缘的石径分岔了。一条伸向靠水库那边的长有绿树红花的山头，一条斜向右边的那一堵石崖。

走在前面的年轻人，拐上了那条斜向石壁的路了。路到了这里，倒是平缓了，像是一条紧贴在石崖上的带子，向前伸去。想到就要到这刀削一样的百米悬崖腰部攀缘，一旦失足，那可真是“千古恨”了，一颗心，不由得怦怦乱跳起来，腿也有点发软了。

石崖在前面拐了个小弯。这一段，由于不知在什么年代石崖发生过崩塌，山脚处堆积了一些崩塌下去

云雾装扮故园美

的乱石，使得石崖没有这样险峻可怕。拐过那个弯，再往前走，就是那块从天落下的天幕了！我的心更加紧张起来了。

有道是：“柳暗花明又一村。”过了那个弯，这条悬在石崖上的路，更为平坦了。路宽近七十公分，一边紧贴刀削似的石崖，另一边被一些灌木织成了一道绿色的“篱笆”，把下面那一泻百余米的悬崖全遮盖住了，使你觉得像在公园里的林荫道上漫步似的，一点也不感到害怕，一点也不感到惊险，很是悠然。只有当你用手掰开那篱笆样的灌木，你才觉得头晕目眩，双腿发抖！妈呀，脚下，是百米悬崖哪！

那灌木编织的“篱笆”，原来就是我们在山下看到的那绿茸茸的一线碧带。因为石崖有二百多米高，从下面看来，你觉得那灌木像茅草一样小了。

山清水秀是故园

蓝天在我们面前，白云在我们面前，仿佛一伸手，就能摸着这天，摸着这云了。如果夜里来到这条路上，那么还能捉到星星，揽到月亮呢。好一个妙不可言的名字啊：揽月古道！

我们在这条平坦的、悬于高崖的小道上，优哉游哉地朝前走去，心胸是那般的开阔，仿佛一张臂，就把整个天宇搂在怀里了。那在一旁忠诚地捍卫着我们的那“道”灌木“篱笆”里，不时见到刚开的野花，送过来一缕缕淡淡的清香。路面上，一些山羊的粪便，像一粒粒特大的黑豆似的，东一堆，西一处，随处可见。看来，这小道，还是一个牧羊人的“天堂”。

前面，传来一片叮咚的响声，像一曲永不停息的优美的音乐。放眼看去，只见石崖上，一线银珠似的山水落下来，落到这条悬在崖中的路上，形成了一个小小的水潭。这一线山水，从数十米高的石崖落下来，不少水珠被风揉碎了，化作了粉末样的小水点，弥漫在空气里，使空气显得特别清凉。

我们便在这里不约而同地坐下了，小憩一会儿。

对面，是香炉山。刚才在下面看那山时，是那般的雄伟，如今在我们的眼里，却一下子变得矮小了，好像被我们踩到了脚下。不过，站在这石崖上看山，便将山看得更真切了。只见那香炉山上，一个个突起的小山包，真像一个个香炉。几缕白白的薄雾在山头上飘动，颇有烟雾萦绕之感。这些香炉般的小山包前面，是一个大石峰套着一个小石峰，蓝天下，宛如一个母亲背着儿子，正在匆匆地赶路呢！

一转头，只见我们的身下，紧贴着这天幕般的石崖，长出来一根百多米高的笋子样的石柱。我想，它原本是想来和这从天泻落的天幕比一个高下的，终因功力不够，落得像一根蜡烛一样，供放在这威严的天幕般的石崖面前，让路人数落。

两里多长的悬崖小道，我们以无比依恋的心情走完了。尽头，这小道一抬头，把我们引到了后山。呵，原来这石崖后面还藏着一个“后花园”呢！这里，是一座实实在在的山，长满了古柏新松。一座千年古刹，藏在一片树林深处。

这里香火很旺。有不少年轻的善男信女，在此探寻自己的前途命运。年轻人啊，你为什么不学学我们刚刚攀缘过的那条揽月古道呢？它可揽月而不贪，磊磊落落；它悬高崖而不惧，坦坦荡荡……

原载于1995年1月21日《经济日报》

故乡有条迷人的江

我的心里，有一条河，那是故乡的泉水河。

我的故乡，有一条江，那是神奇的湄江。

前年盛暑七月，我回到养育我的那片热土。市委的领导同志热心地向我介绍故乡在新时期的变化，特意提到正在建设中的大江口水库，说那里不仅工程雄伟，而且风景秀丽。“水库就建在湄塘——山民们称它为塞海的地方。那名儿，你应该熟悉。”塞海？湄塘？我的心一沉，多少亲切而温暖的记忆，浮上心来。儿时，常听大人们说，在我们屋背后的山那边的山那边，一条河流到一座奇特的大山下，被四周的大山堵住，流不出去了。河水在这里汇成了一片汪洋，人们称这里叫塞海，也叫湄塘，因为那条河叫湄江，江到这里不成为江而成为塘了。高山上突地托出一片海洋，这够神奇的了吧？然而不，神奇的还在后头呢。湄江水日日夜夜流进塞海，而塞海里的水却不见上涨。水流到哪里去了呢？人们在几里外的地方，一座高高的石崖下面发现，地底下冒出一个巨大的喷泉，水量足有一条湄江大。于是，被那座大山截断的湄江，却被这个巨泉接续上了。多少美丽动人的传说，也就随着这个喷泉流出来了。这些传说，充实着故乡一代一代孩子的心。那里，曾给我多少诱惑啊。

我是喝湄江水长大的。我的根植在湄江河畔。湄江，从涟源西部的深山里悄然流出，收拢一条条山溪，汇集一股股细流，拼命地壮大

江从大山深处来

自己，然后，又无私地注入涟水，注入湘江，汇进洞庭湖，汇进长江，用自己的消失去壮大别人，去为别人呐喊。我在湄江边长大。长大后却没有沿着江的上游走，而是顺着它的下游走到了涟水，走到了湘江，走到了洞庭湖、长江……走遍了祖国的大江南北，也走过了自己的大半辈子。如今，我已进入了人生之秋了，猛地又回到了养育自己的这条江边。江的上游那谜一般的传说，谜一般的奇景，强烈地诱惑着我。我决心溯水而上，往江的深处走去。

一程一程往里走，江流越来越小了。江边不时出现一座座石拱桥。修建的年代久远了，桥身上爬满了绿色的藤类植物，挂满了须根，使人想起多少年来，它为来往的路人负重、踩踏，无怨无悔，让人自然而然地对它生出几分崇敬。

还在孩提时代，就沉甸甸地留在我的心里的这江之谜，这江之奇，如今一层一层地展现在我的面前了。我来到了观音崖下那眼巨泉边。水流，按捺不住地从地层深处直往上跃，翻出一层一层美丽的浪花。水，清得可爱，也清得可怕。站在泉边，双腿不断地发抖，真担心自己一不小心掉进这个泉眼，从此永远从这个世界上消失。少顷，“爱”终于战胜了“怕”，我俯下身子，掬了一捧水，美美地喝了。真甜啊。同行的朋友们拍下了这一瞬间，将照片放到一家刊物上发表了，标了这样一个题目：故乡的泉，文学的泉。多贴切啊！

可不是吗？是故乡的泉养育了我，是故乡的生活养育了我的文学。

汽车翻过一个高坡，面前无比开阔起来。消失了的河，又从这里拱出来了，而且变得那般壮阔。这就是塞海了。20世纪50年代末，人们在这高坡上挖出了一条河道，想把这断了的湄江连接起来。然而，除了山洪暴发的时候，这河道里能放出一点水以外，大多数的日子，湄江水在这里神不知鬼不觉地消失掉，又神不知鬼不觉地从观音泉里拱了出来。大自然这么安排，妙极了。塞海两岸，有大片青青的草地。一群群吃饱了青草、饮足了泉水的水牛、黄牛，正踏着小路归去。不时有牛昂起头来，发出一声声满足的欢叫，声音是那般的舒展、悠长，伴山传出很远很远，牵动我多少乡情。

我的目光追随牛群远去。蓦地，心咯噔一动，我立时怔住了。前面，两堵陡峭的石崖，拔地而起，两崖相峙而立，构成一扇神奇的山门。湄江从这扇山门里悠然地流了出来，颇有一点抒情的意味。山的严峻、水的温柔，在这里形成一种鲜明的对照。好一幅山雄水秀的国画！越过这扇山门，我的心更是万般地惊叹。啊，山门里关了多少山

山水组画

晨雾弥漫彦溪村

之奇、水之秀啊！造物主用它的神奇，用它的伟力，创作出世间的一幅幅杰作，全都被悄悄地收藏在这里。那刀砍斧削般、一耸数十丈高的绝壁，不明明含着以险驰名的华山的魂？那宛如春风里拔节上长的一根根石笋，一丛丛奇石，不明明透出桂林叠彩的山的秀吗？那仙人洞里，一线天下，一束阳光洒下，一挂飞瀑落来，它虽不及黄果树瀑布的气势，却又远比黄果树瀑布奇特。水库大坝，像一把石锁，恰到好处地锁住了一江秀水，一湖风光。两岸的地下溶洞群，俨如一个个艺术迷宫，埋藏着无数艺术珍品。

使我流连忘返的，是那对娘娘岩。从夕阳里看去，酷似两位慈爱的老母亲并肩而立。不知是在送儿女远行呢，还是在盼游子归来？或者，是在迎接那一批一批的远道来这里觅奇览胜的客人……

故乡的湄江啊，一条迷人的江，一条神奇的江！

原载于1990年4月25日《湖南日报》

遗憾

人在旅途中，道不清留下过多少遗憾。

遗憾，不一定全都是“遗憾”。有些遗憾，换一个角度看，倒是一种人生的美丽呢。

我出生在湘中的山地。我的故乡，有一座威震八方的高山。孩提时候常听大人们说，你朝东南方向看，那绿茵茵占去一大片天的地方，便是龙山。龙山，坐落在涟源、新邵、双峰三县市接壤的地方，方圆百余里。四面八方，有四十八条山垄朝这里汇拢，最后拥戴出了岳坪峰——一个海拔一千五百一十四米的高峰。这四十八条山垄，宛如四十八条威力无比的猛龙，在这里创造了一个十分奇丽的景观。我们山里人说，龙山四十八面，面面威风啦。

龙山，你真大啊！

这是印在我脑海里的第一个印象。

龙山，山势险峻，林海茫茫。往昔，百姓生活困苦，使这里有土匪滋生。到了国民党统治时期，社会黑暗，龙山上群匪盘踞，匪害更加横行。我从两三岁记事的时候起，就常常听到龙山的土匪又下山了，在哪里打了抢，把某某漂亮的婆娘抢上山去了……

龙山，使人想而生畏，令人十分恐惧。

这是印在我脑海里的又一个印象。

多少个早晨，我看到村子里的一些老人和妇女，带着干粮和香火、

龙山岳坪峰药王殿

龙山水韵

龙山霞光

红布之类出门。他们是到龙山顶上的药王殿，向药王还愿许愿，求医问药。多少个傍晚，我看到村子里的一些老人和妇女，风尘仆仆地从村外回来，脸上荡漾出一片希冀之色。那是他们从龙山上向药王求医问药、许愿还愿回来了。这药王灵验得很呢……山民们把这个药王，说得神得不得了呢。这个被山民们尊为药王的神，到底是何许人士？相传，唐贞观年间，医药学家孙思邈，来此山采药撰方，著有被后人尊为医典的《千金要方》，救世济民医百病，疗效神奇。为了纪念这位医药学家救世济民的功德，后人在这座高山顶上修建了药王殿。此后世世代代，这药王殿上香火盛行。

从那里回来的人都对我说，这药王殿内，有一口井，万人饮水不竭，一人饮水不溢，堪为“世之一绝”。在那里还有一块奇特的石头，状似圆月，平如明镜。不知哪位文人骚客，冠它一个“宝石残月”的名字。这山间，有高四十余米、宽二十余米的瀑布，被称为“湘中第一瀑布”。到过那里的人和我说起这座山来，“啧啧”飞沫，称此步步是景，山山称奇。

这些传闻，将这座山渲染得神秘兮兮，太诱惑人了。

这，便是印进我心里的一个抹不掉的龙山形象。

每每想到这些，我就动心，真想找一个什么机会，去登登此山，以便天年殆尽的时候，不留下什么遗憾。

终于有了这么一个机会。这年初秋，我回到这片故土，故乡的领导热情邀我多住些日子，凡我想去的地方都带我去走走。我首先想到龙山，决定到龙山去饱览一番风光。那天，我们上路了。因为山坡陡，送我们上山的是一辆吉普车。临到走时，天公不作美，下起雨来了。这并没有动摇我上山的决心，我们兴致勃勃地上山了。

汽车在山道上一个之字一个之字地爬着。越往上走，雨雾越大。车窗外的整个世界，全隐蔽在一片白茫茫的雨雾里了，什么也看不见。我把头伸向车外，拼命地寻找那些别人和我讲述过的景致，却一无所获。

大山顶上有小湖

由于雨雾太大，很难辨路，所以车子开得很慢。我只感觉到车子在山路上的颠簸，其他什么也没有看到。

到达龙山林场场部时，已是午饭时分。雨雾变厚了，半点也没有飘散的迹象。又等了半晌，雾团更加厚实了。我们感到十分懊丧、非常遗憾：多少年来，就想来看你。这一次，摆一个这么大的架势，扑进你的怀里，你却搂一团雨雾把自己包得严严实实。我能不遗憾吗？

我只好这么遗憾地下山了。

这个遗憾，使我更加强烈地想看清这龙山的真面貌。这遗憾里，藏着一种期待，一种诱惑，藏着一个难解、却又促使我更想解开的谜。这，能不说是人生风景里的一种美丽吗？

龙山，你听着，总有我撩开你神秘面纱的那一天。

原载于1995年6月28日《湖南日报》

白马湖

如翡翠般碧、似明镜般亮的一片水，泱泱数十里铺展在这里，填平了一个个山谷，盖住一个个山洼，把连绵百余里的一座座山峰，紧紧地搂在自己的怀里，亲亲密密。

一座座陡峭的山峰，依偎着这湖碧水，向蓝天挺起伟岸的身躯。从海平面算起，它那庞大的躯体，高1500多米，壮实得跨越4个县域。多棱面的山峰，一座拥着一座，向蓝天插去。于是当地人说："这山啊，多达四十八面，面面奇秀！"

山依着水，水偎着山，情绵绵，意切切。

山，因水而无比雄伟；水，因山而格外秀丽。

这山，是湘中的一位汉子，名龙山。

这水，是楚地的一位姑娘，号白马湖。

原本，这里是没有湖的。一座座山峰在这里耸立。东边的山峰与西边的山峰之间，形成一个狭长的洼地，连绵百余里。这长长的山洼里，有一条溪水流过。它是湘江支流的支流孙水，也许是这里地处偏远而地势险峻，千百年来，终年土匪出没。直到那一年，一个伟人站在天安门城头庄严地宣布："中国人民从此站起来了！"匪患才开始在这里灭绝。

20世纪50年代末，那个国人敢想敢干的年月，方圆百余里的成千上万的山里汉子和山里女子，汇集到了这里，用锄头，用扁担，用火

谭谈与故乡的文友相聚在白马湖

白马湖畔爱心碑廊里的名人墨迹碑

药，用钢钎；没用水泥，没用钢筋，用一担担沙土，筑起了一个高达28米的大坝，把两座山峰连到了一起，将流淌了千百年的孙水截断了。我听许多人说，那年冬天，寒风在山谷间呼啸，天上飞着雪花，在大坝工地上，筑坝的山里汉子们，赤身裸体，吼叫着，抬着巨型的夯石夯实着坝基。筑坝的山里女子们，也只穿着一条短裤，用她们平日唱山歌的清丽的嗓子，呼喊着劳动号子，抬着夯石拍打着坝基。

每每听到这里，我的心中就热热的。眼前，就出现了那个大坝工

地，就出现了那些筑坝的汉子与女子。这些汉子和女子，不也是一道大坝吗，不也是一座高山吗？这道坝，这座山，就是我们这个伟大民族的灵魂啊！

一道没有钢筋、没有水泥的大坝，就这样筑起来了。一个面积11000亩、容纳6650万立方米水的大湖，就这样出现在这深山里了。

这些往日白白地流走的水，今天听话地通过一条条四通八达的渠道，流入邻近两市一县的18.3万亩农田，化作谷浆，去壮实一穗穗谷穗。它，成了湘中干旱带旱魔的克星！有数字显示，半个世纪来，它使18.3万亩农田增产的粮食达60亿公斤。平日，它还推动一台台发电机组，使这有形的水流，化作无形的电流，通过一条条细细的电线，走入很远的城镇和乡村，给世间送去一片光明和温暖。

1998年春天，数千位作家、艺术家联手，后来又有科学家加盟，在这湖碧水旁边，在这座高山下面，建起了一个文化扶贫工程——作家爱心书屋。

高峡出平湖，平湖给上万亩农田送去了丰收。然而，由于种种自然条件的限制，贫穷仍然留在这个山区。一个作家在走访了数十个贫困县、上百个贫困村之后，感悟道："知识是致富的翅膀。"他决心与全国许许多多作家朋友联手，在这个贫困山区兴建一个"作家爱心书屋"。如今，7年多时间过去，4座"作家爱心书屋"、12个"作家爱心书柜"，在这片山区里建起来了。包括巴金等文坛泰斗在内的全国4000多位作家、艺术家献出了自己所著、所藏的十多万册图书。

这也是一个湖啊！这是一个知识之湖，一个智慧之湖。这个湖的水，也在灌溉着一片片田垄，那是成千上万的山乡青少年的心田！

美哉，白马湖！伟哉，作家爱心书屋！

原载于2006年2月15日《人民日报·海外版》

构筑爱的书屋

书屋，一个奇妙的世界。文人学者，谁不想拥有一个自己的书屋？

这里，也许很小，却装下了大千世界，浓缩了浩渺历史。古之圣人，今之贤达，都集结在这里。向前人讨教，向外人学习，向同行取经，都可足不出户。这里，是一个知识的充电房。工作中累了，你走进书屋，翻开一本书，渐渐，一种别样的滋味来到你的心头，定使你倦意全消；生活中遇到了烦恼，你走进这里，书本里的世界，给你的心头吹来一股清新的风，什么心烦的事儿都随风而去了。这里，又何尝不是一个休闲的绝妙之所呢？

近日，我在筹划着，想搭盖一个“作家爱心书屋”。

这个书屋，不是建在我的住舍中，而是建在广阔的田野上，建在贫穷的山区里。她不属于我，而是属于山区的老百姓。去年5月里，我与两位作家朋友结伴，踏上了一条虽然艰苦，却于人生、于创作很有益处的采访之路。这次采访，历时三个月，行程两万里，走访了二十一个县，一百多个特困村。这无疑为我们的创作和人生，提供了丰富的养料。但同时，贫困山区贫乏的文化生活，也使我们的肩头增加了一份沉重。很长一段时间，我们心里躁动不安，总觉得应该为他们做点什么才好。然而，一介书生，既无权批给他们什么，也无钱支援他们什么。我能为他们办什么事呢？春节假日里，一丛火花在我的心头绽开！我想到，我有数千位作家、艺术家师长和朋友，其中一些还是我国文坛和世界文坛的泰斗。如果我能借助他们的名望，是能为贫困山区的老百姓办一点事情的。我有不少出版界、新闻界的朋友，在我学习创作的过程中，他们曾给过我帮助，给过我温暖，如果他们能再次向我伸出温暖的手，我也是能为贫困山区办一点事情的。我还有不少关心我、支持我的领导，他们经常教导我要为老百姓办好事，办实事……想到这里，我怦然心动。我觉得，这就是我为贫困山区办一件事的强有力的后盾。

我要在贫困山区办一件什么事呢?

我想借助天下朋友温暖的手，汇集广大作家的爱心，在贫困山区建一个“作家爱心书屋”。给贫困山区的人民尤其是青少年，送去一批精神食粮。这不是学校，但是一所学校无法替代的、富于个性和特色的，是千百名文艺工作者用爱心搭盖的书屋。尽管这个爱心书屋，只能放在某一个村镇，但她是一丛火，将会在千山万岭间燃烧！

书屋里的小读者

这丛爱的火花一绽开，立即在一颗一颗心中燃起了爱的火焰。湖南人民出版社、湖南文艺出版社的领导同志动情地说："好事！好事！我们将大力支持，捐书充实爱心书屋。"湖南人民出版社还决定，与省新华印刷二厂联手，将一本拙作再版一次，送我5500本，让我给全国5500名中国作家协会会员寄求援信的同时，能附上自己的一本著作。93岁高龄的臧克家，正在病中，他把我约到家中，认真听我说了筹建爱心书屋的设想后，连声说："善举，善举！"接着亲笔签名捐了好几本他的重要著作，又用毛笔书写了"作家爱心书屋"几个隽秀的字。冰心老人的女婿陈恕教授在电话里对我说："这完全符合老人的心愿。老人的故乡建了一个冰心文学馆，里面有一个公园，就叫爱心公园，办了一份刊物，也叫《爱心》。老人病重，无法亲笔签字了，但我们一定挑一些老人的著作，盖上老人的图章寄来，算是给爱心书屋送去几朵爱的浪花吧！"中国作家协会党组、书记处的领导同志陈昌本、王巨才、陈建功、高洪波、吉狄马加等，不仅签名捐赠自己的著作和其他的书籍，还指示机关党委发动机关全体干部捐书，把它作为机关党委今年的一项工作来做……作家出版社、中国文联出版社、人民文学出版社都慷慨捐书。

一天，一位我刚结识的出版界的朋友对我说："年内，我一定给爱心书屋捐1000册书。"我惊异，问："可能吗？""我干出版这么久了，在出版界有不少朋友。我给五十个朋友寄出一封信，请他们每人给我寄二十本书，不就是一千本书吗？"我的心头倏地一热，仿佛看到一双双温暖的手，正向爱心书屋伸来。

原载于1998年4月17日《人民日报》

爱心书屋

一位哲人说："书籍是人类进步的阶梯。"

那是1997年春天，我与两位作家朋友，结伴到贫困乡村采访，历时三个月，行程两万里，访问上百村。一个个沉重的事实告诉我：世间的贫穷，除了一些地方恶劣的自然条件外，根源是愚昧。知识是人类致富的翅膀啊！顿时，一个决心从我心底涌出：借助天下朋友温暖的手，汇集广大作家的爱心，在贫困山区建一个爱心书屋。那是一座送给贫困山乡青少年朋友知识的灯塔啊！

1998年，春风里，我放飞了一批爱的信鸽——一封封我写给全国文坛师友的求援信。一个星期后，南南北北的电话、电报和信函敲击我的心扉，一摞摞的图书，从火车站，从邮政局送到我的面前。巴金、冰心、臧克家、刘白羽、王蒙……纷纷签名寄来了自己的著作。短短几个月，登上这列爱心列车的，就达三千多人。四万多册图书，从一双双启迪人类智慧的老、中、青年作家、艺术家的手里，汇集到了一起……

山间报春的梅花开了。1999年1月12日，湖南涟源田心坪，这个小小的山村里，出现了一处亮丽的风景：一栋白色的四合院，收藏了几千位作家的爱心，集纳了数万册图书，在洁白的瓷砖墙面上，镶嵌着巴金老人书写的六个大字：

作家爱心书屋。

书润童心

新世纪的春光正照耀着神州，在涟源父老乡亲、党政领导的支持和社会各界的爱心呵护下，建在城区的作家爱心书屋中心馆也开馆了。

由四千余名作家本人签名的近万册图书，被珍藏在这里。中心馆还专门建立了“作家签名著作珍藏库”。我的故乡没有图书馆的令人痛心的缺陷，与20世纪一道，走进了历史。

一位乡亲说：“爱是世间最美的花朵。”

原载于2002年3月15日《文艺报》

还童园记

这里，原本有一幢老屋。

老屋兴建于何年，无从查考。当年，我的高祖领着他的六个儿子，在一座乱石山上，建起了这栋有两百多间房子的大屋。屋场四周，用开拓屋场采出的石块垒起了一堵两米多高、半米多厚的石墙。屋场东西各有一个槽门。西槽门上，悬挂一块上刻“进士”的大木匾。这也许是我们的先人中曾有人中过进士，或是先祖们慕虚名私自制作的，用以装潢门面。屋内，有晒谷坪，有池塘。池塘塘墈全用方石垒砌，结实、规整。屋后小山长满翠柏、梧桐、楠竹，郁郁葱葱。雨天，山水流入池塘，再从池塘流入屋前田垄。四季活水入塘，塘水清冽、洁净。塘边石台上，立有一个四方的石礅，供屋里的女人们搓洗衣服。经年累月，这个石礅被磨洗得光洁如镜。从这头到那头，十几个厅堂，足有半里多，全由屋廊连接，下雨天不会踩湿脚。每逢重要节日，一个个厅堂里，好多的伢妹一起嬉闹玩耍，那甜美的笑声至今温暖在心……

时光流逝。从德字辈的高祖兴建此屋开始，德、孝、顺、显、周、亲、铭、鼎等老屋先后接纳过八代人了。这八代人，或求学，或从军，或经商，或务农，不少人先后离开老屋，奔走四方。他们后来或定居于繁华都市，或落户于异域他邦。然而，不管他们走到哪里，老屋总在他们心里。老屋成了他们生命的印记，伴随他们终生。老屋是有灵

曹家村的“老农活动中心”

魂的，这灵魂，就是一个家族的灵魂、一个民族的灵魂！

今天立在这里的还童园，仅仅是老屋的一部分，即高祖第五子所建的上、下两个厅堂的地基，俗称五房。高祖第五子，就是我们的曾祖。曾祖又育五子，全居住在上、下两个厅堂的数十间房子里。房子虽是土砖垒建，但高大、结实，冬暖夏凉。

转眼时代的车轮驶进了20世纪80年代，屋前那条被一代一代山里人的脚板磨得光滑明亮的青石板路，被宽广的公路取代了。汽车进山了，颠覆了山里人的生活。老屋的子民们开始家家户户与老屋告别，到对面的公路旁盖起了红砖新屋。老屋被冷落了，最终变成了一片废墟。

从2017年秋季开始，老屋五房的后人们商议，捐出祖屋的地基，

艺术家送欢乐到山村

并捐资、筹资上百万元，兴建村老农活动中心，为村里劳累一生的老人们，提供一个休闲、娱乐、健身、阅读的场所。同时为村里的少年儿童设置“小天使阅览室”，寄托老屋先人对后辈子孙“发奋读书，努力成才，为国效力”的殷殷期望。

经过大家的共同努力，曹家村老农活动中心很快就建成了。这真是：老宅变身新屋服务村民，叟者还原童身乐在此园。

故曰：“还童园。”

原载于2018年12月12日《文艺报》

故乡那座山 老家那个园

早先，公路只能通到山那边。每次从外面回家，汽车只能开到山那边的一个叫大塘的地方。然后，沿着那条挂山的石板山径拾级而上。拐一个弯，又一个弯，上一个坡，又一个坡。不知出过多少身热汗之后，山顶上那座古亭，才立在你面前。那穿亭而过、迎面而来的清风，把我这个远方归来的游子接到了亭中。饮下守亭的大娘免费提供的一杯凉茶，一种家的温馨就弥漫在全身了……

于是又下山了。下了一个石坡，又一个石坡，面前，就看见一个盖着黑色瓦片的屋顶了。那就是自己的家。那年那月，自己就是从这里拱到这个世界上来的。

那时候，我心里总纳闷：这山上，满山遍野全是石头，树长不高，花开不多，水流不远，我们的先祖，为什么要为它取一个如此美丽动听的名字——花山岭呢？也许，这里寄托着先祖们对美好生活的向往啊！

小时候，我经常在这山上山下跑。春天，上山捡雷公屎（地皮菇）做菜；夏日，上山摘桐子树叶，回家包麦子粑粑；冬季，则到山上割茅草，给家里烧火做饭。这山间的每一块石板上，都留下过我的脚印啊！

那时候，我心里时不时在想：如果这山上真的有花常开不败，那该多好啊！

霞映花山岭

近些日子，一群花山岭人，突发奇想，要把这山好好打扮一番，在这里建一个农民公园。他们说干就干，把一个个或蹲或卧的石梆子，开发出来，打扮起来。平日里那些习以为常、见怪不怪的平平常常的梆梆石，突然间升华了，亮堂了。有些，如天狗咬月；有些，如卧佛赏山；有些，似蛟龙入海；有些，像山鹰展翅；有些……一个个奇形怪状的石头，顿时变得妙不可言。这不就是千年不败的奇石之花吗？躲在山间的溶洞，也被这群有志者寻了出来，洞中那一个个令人心动的钟乳石，也出现在世人面前了。山的西南坡，前年建起了大型太阳能发电厂。山的每一面都规规整整地覆盖着一块块光伏发电板。它们面向蓝天，收集散落到地球的光能，把它变成电流，来造福人类……无疑，这也是我们花山岭上的“花”，现代科技之“花”，文明生活之“花”！

如今，花山岭岭上岭下那衣食无忧、富裕了的农民们，早早晚晚，沿着修整一新的登山之路，走进自己的公园，健壮体魄，愉悦身心……

千百年来，无花可赏的花山岭啊，在当今这个伟大的时代，你已“华丽转身”了！

那么，接我来到人世间的、山脚下的那个家园呢，又是一番什么模样了呢？

伟大的时代，织密了乡间公路的网络。20世纪80年代，公路修到山这边了。公路进山了，方便了山里人的生活。我那老屋的人们，为

了生活便利，纷纷搬出老屋，到老屋对面新修的公路边盖起了红砖新屋。一年一年，那栋老屋，就成了一片废墟。

而老屋，对于我，它永远在我心里。它在我心中是一栋不倒的精神之屋！

老屋建于何年，已无从查考。听老辈人讲，它是我的高祖领着他的六个儿子，在一座荒山上建起来的。从屋的东头到屋的西头，十几个厅堂，两百多间房子，有半里多长。从东头到西头，全由屋廊连接，下雨天不会踩湿脚。屋场有东西两个槽门，西槽门上，悬挂着一块雕刻有“进士”两个大字的木匾。不知是我们的先人里曾经出过一个进士，还是先祖们为了装门面而私自制作的。

屋前屋后，用开采屋场采出的石块垒了一堵高约两米、宽约半米的围墙。屋内，还有一个不小的池塘。下雨天，屋后山上的雨水流入池塘，再从池塘流入屋前的田垄。因长年有新水注入，这池塘里的水清亮而洁净。四周的塘塝，用方方正正的石头砌得规规整整。一个洗衣码头旁，立着一块巨型石礅，那是供屋内的女人们到塘里洗衣时揉搓衣服用的。经年累月，石礅表面被磨得如明镜般光滑。每逢节假日，一群群伢妹子，便从一家一家屋里蹿了出来，来到屋前的坪地上，来到一个个的厅屋里，嬉戏闹耍。那甜美的笑声，至今还温暖在心……

老屋里，曾先后接来了八代人。他们或求学，或从军，或经商，走南闯北。有些，已定居于繁华都市；有些，已落户在异域他乡。但不管他们走到哪里，这老屋，都深深地藏在他们的心里。这幢屋是有灵魂的，这是一个家的灵魂，一个家族的灵魂！

这些年来，许多城里都建有老干部活动中心，那是党和政府对老干部的关爱。这引起了老屋一个在省城工作的子孙的联想：自己的村里，那些一辈子面朝黄土背朝天的老农民，更值得社会的尊重和关爱，也应该有一个休闲、阅读、健身、娱乐的场所啊！于是，他和老屋的一群子孙，聚在一起合计，一个美丽的设想产生了：在这老屋的废墟上建一个村里的老农活动中心。在这中心里，有供老人们阅读的“晚晴书屋”，有供孩子们学习的“小天使阅览室”，有健身广场，有棋牌娱乐室。想到就做。他首先在微信里向文友们呼吁。一下子，南南北北的作家朋友，就捐寄来了六千多册精美的图书。接着，他又带头捐资、筹资百余万元，用于建设活动中心。如今，在当地各级政府的支持和老屋子民们的共同努力下，这个美丽的梦想，正在落地，正在变为现实……

老屋焕然一新，在新时代用新的生命为后人服务了！于是，它被人们取名为“还童园”。

花山岭，我故乡的山。还童园，我老家的园。

原载于2019年第1期《十月》

追梦二十年

晚晴书屋落成后，省作协、省文化和旅游厅、省文联分别派出文艺家深入曹家村开展文化下乡为农民服务活动。

多年的夙愿终于实现，谭谈和孩子们都笑了。

1998年落成的作家爱心书屋激励山区孩子们奋发成才

作家爱心书屋开馆22年来，共吸引98万人次的……民和学生……来阅读，外借书籍46万册次。

白马湖畔的爱心碑廊，碑石上雕刻着300多位名……家对山区人们的款款深情。

11月9日，谭谈自己动手在晚晴书屋为“涟邵人文学艺术成果展布展。

只为书香润故土

严伯霖 图/文

“建一处老农活动中心，为劳作一生、奉献一生的农民老人提供文化健身活动的场所，这是您的多年夙愿，如今夙愿得偿，可喜可贺！正如您信中所说，这个中心，既是属于老人的，也是留给年轻人的，它定会成为您的家乡人民精神文化生活的美好园地。”12月19日，涟源市桥头河镇曹家村老农活动中心正式启用，中国文联主席、中国作协主席铁凝给中国作家协会名誉副主席、湖南省文联原主席、著名作家谭谈发来热情洋溢的贺信。

谭谈将一把金色钥匙交给了涟源市图书馆馆长，这里，将成为涟源市图书馆的一个乡间分馆。沐浴着冬日的阳光，昔日安静的小乡村沸腾起来，成群结队的父老乡亲来了，放学后背着书包的孩子们来了。他们在广场遛遛弯、健健身，在书屋里读读书、看看报，或者去赏赏字画雕刻，甚至研墨铺纸、挥毫习字……白墙青瓦、书墨飘香的老农活动中心俨然成了曹家村民的“精神乐园”。

出生在曹家村的谭谈，13岁时离开故土。上世纪60年代，谭谈在部队开始学习文学创作。复员回到煤矿后，他当过矿工，做过新闻干事、矿报记者。1981年，他创作的一部歌颂矿工凄美爱情的中篇小说《山道弯弯》在全国获大奖，引起轰动。几十年来，无论职务如何变化，他心里时刻关注着养育自己的故乡，关注着家乡的父老乡亲。他深感山区青少年文化生活的匮乏。早在上世纪90年代，他在娄底挂职时，就满怀深情地为山区的孩子们奔走呼号，给全国各地的文学界朋友写信求援，开始筹建“作家爱心书屋”，经过一年多时间的努力，终于1998年1月在涟源白马镇田心坪村建成。之后，他又相继在郴州市苏仙区三峡移民新村建立了作家爱心书屋，在湘乡、双峰、涟源、新邵、新化等地的14所乡村中学建立了作家爱心书柜。在涟源城区的作家爱心书屋中心馆（即涟源市图书馆）里，建立了作家签名书珍藏库，收藏了巴金、冰心、臧克家等4000多位作家的签名著作，极大地提高了涟源市图书馆在全国县级图书馆的影响和地位。就在那次全国作家援手捐建作家爱心书屋的过程中，不少名震天下的作家、艺术家和科学家寄来了鼓励山区青少年发奋、立志的寄语赠言。为此，他又筹资将这批名家寄语赠言雕刻在300多块碑石上，在白马湖畔建立了爱心碑林，激励山区青少年发奋成才。

2年前，谭谈卖掉位于娄底东方豪苑的一处住房，在曹家村这个养育自己的山村里，建设一个老农活动中心。他说，如今，城市里都有工人文化宫、老干部活动中心，而那些一辈子面朝黄土背朝天、在土地上劳作一生的老农民，也应该得到社会的关爱，也应该有一个幸福的晚年。他希望能在有生之年，在老家的村里，为童年的伙伴们建一个活动中心，为他们和他们的子孙提供一个阅读、健身、休闲、娱乐的场所。他还为老农活动中心取了一个好名字：“还童园”。工程启动后，他四处奔走呼号，得到了省有关部门、娄底市和涟源市政府的有力支持，也得到了社会各界和艺术家们的积极响应。功夫不负有心人，经过2年多的努力，他终于如愿以偿，建起了这个集晚晴书屋、晚晴广场和晚晴诗湖于一体的老农活动中心。他还在晚晴书屋里设立了3个专室：娄底作家屋、娄底诗屋和娄底书画屋，用以收藏、展示娄底籍的作家、艺术家的作品集和创作成果。晚晴诗湖，雕刻了24位诗人的诗歌手稿，内容多是写涟源、娄底的历史人物和风景名胜。晚晴广场雕刻了40多位名士的墨迹，让偏居一隅的山乡群众共沐书香，也激励广大青少年奋发向上，在书韵墨香中获得新知、汲取力量，并以更加坚定自信的姿态，从书中“走出去”，走向更加广阔精彩的世界。

尽管他身居高位，声名远播，但这位从曹家村花山岭下走出的农家子弟，始终如花山岭上的山花，平实、质朴。从爱心书屋到晚晴书屋，他以大爱义举回报家乡，让氤氲书香滋润故土，文风浇齡绵延不绝。

12月15日，晚晴广场，文化下乡活动滋润了农民的心田。

有一个美好的梦想，在我心里涌动二十年了。

那些年，职业使然，我常常东西南北地闯荡。在这样那样的城里，见过这样那样的一处处老干活动中心，那是党和国家对那些为新中国建设事业奔忙一生的老干部的关爱。每当这时，我心里就涌上一个念头：那些一辈子面朝黄土背朝天的老农，他们也应该得到一份关爱。到了晚年，他们也应该有一个活动场所，使他们的晚年生活丰富多彩。我，什么时候能给我们村里的老农们——我那些童年的伙伴，建一个活动中心呢……这样一个梦，就在那时悄悄地埋进了我的心头。

春去秋来，多少个年头过去了。转眼到了2018年，一抬头，自己已是七十四岁了，离天远，离地近了。而来年，又逢新中国成立七十周年。这年7月，我咬咬牙，下定决心要动手了。我做通了本族乡亲的工作，拿出已是废墟的祖屋的宅基地，又卖掉娄底城区的一处房子。接着，找省、市、镇的有关领导倾诉，奔走呼号，得到了他们的热情支持。

我要在老家的村里建老农活动中心的消息，在微信群里发了出去，得到了南南北北作家朋友的援手，一包包精美的图书，源源不断寄来。有些，寄给我；有些，则直接寄到了村上。近一年的时间里，已汇集了近万册图书。这就丰富了活动中心里“晚晴书屋”的藏书，为老农们提供了精美的精神食粮。书屋里，设有几个专室——娄底作家屋、

还童园里的笑声

晚晴书屋建成了，谭谈将它捐献给故乡

娄底书画屋、娄底诗屋，用以收藏、展示娄底籍的作家、艺术家的著作和创作成果。还有一个“小天使阅览室”，那是为村里少年儿童提供的阅读场所。

社会各方热心人士，也纷纷伸出援手，献上爱心，有捐建设资金的，有捐活动中心器具的，有捐屋顶太阳能发电设施的……一批著名的作家、书法家、科学家挥毫泼墨，写下美好的寄语。晚晴广场的麻石护栏上，雕刻了数十位名士的墨迹，给这个小山村里的老农活动中心注入了厚重的文化内涵。

晚晴书屋旁，原本只是一口不太大的山塘，设计者突发奇想，要把它装扮成一座诗湖。24位诗人的诗歌手稿，将雕刻在小湖岸边。24位诗人，以本土诗人为主，写的也多是娄底这一地域的风景名胜和历史人物。小山塘，就这样华丽转身。它满满地装着这片山乡的文化，成了活动中心的重要组成部分，也必将成为这片山地间一处亮丽的文化景观。

离新中国成立七十周年的日子越来越近了，在我心里涌动了二十年的这个美丽的梦想，也在一步一步地实现……让我立在高天之下，站在厚地之上，深深地鞠一躬，感谢省、市、镇、村的领导者和四面八方的朋友们！也让我捧着这份礼物，连同我那颗赤诚的心，献给我亲爱的祖国和山村里童年的伙伴！

原载于2019年第6期《湖南文学》

故乡的水

人是故乡亲，水是故乡甜。

离开都市，走在潇湘山水间，钻过雪峰山的原始次生林，走过美丽惊险的龙头溪，赏过静如明镜的白马湖，又去湄江。湄江，是流淌在我故乡涟源深山里的一条小河，属长江水系。一直到20世纪80年代，在改革开放、开发旅游的春风里，她那神秘的面纱才被掀开，她那美丽动人的姿容才慢慢进入人们的视野……

尽管她美丽动人的姿容就藏在离我的出生地不过十多公里的地方，然而，我以前却不知她，不识她，未见她。那些年月，谁又会去关注这些偏僻的角落呢？

故乡，对每一个游子，都有一种特别的力量。一声呼唤，游子便欣然前往。湄江最神奇的地方，是她的行踪。她神秘地消失，又惊人地冒出。她冲冲撞撞，从深山老林里闯出来后，在一个叫湄塘的山塘里神秘地消失了。河道在这里断了。尽管江水日夜不停地流进来，而这个面积不过几亩的山塘，却不见水面涨。流进来的水到底去了哪里呢？人们百思不得其解。而在离这里几里路的一堵百余丈高的山崖下，却神奇地冒出一股水流，在那里形成一个深潭。潭心处，从地层深处鼓出的水流，状如一朵朵美丽的莲花。于是，它有了一个漂亮的名字：莲花涌泉。涌泉流出，在那里流出一条新的河流……立在这莲花涌泉前，人们想：这里涌出的水，是不是就是那条在湄塘里消失的湄

江呢？据说，某一天，他们往这个山塘里倒了一筐谷糠，次日，这些谷糠，竟然从莲花泉孔里冒了出来。于是，这条神秘地消失又神奇地冒出的江，继续她的前程，流入涟水，汇入湘江，进入洞庭湖、长江，最终走进了大海。

赏过观音岩下的莲花涌泉，我们来到了湄塘。如今，人们称其为湄塘湖了。湖的对面，有连续三堵状如门框的石崖挺立，湄江，就从从容容从这一扇又一扇石门中流出。山水相依相偎，情意绵绵。人们把这里称为三道崖门。

湄江的水，最动人的地方，在仙人府。这是一个高达一百余米的能见阳光和蓝天的大溶洞。一条小溪，从洞底流出。溪的两边，铺满圆滑、光洁的鹅卵石。居住在深山高处的山民，就是踏着这样的卵石河道出山进山。这是我三十多年前第一次进洞时见到的情景。如今，

攀过一段水泥筑就的游道，面前出现了一片蓝天，洞的尽头，一堵险峻的石崖上，泻落一挂水流，击打在崖下状如海龟的巨石上。仰头望去，溪流泻落的石崖上面，拱立着一座由岩石构成的自生桥。原先，这自生桥前面，有一个村庄，住着十几户人家。当年，他们要出门，都要从这石崖上攀下，穿过这个数百米长的大洞，走出山去。可以想见，当年，他们的生活是多么艰辛。国家实行扶贫惠民政策之后，他们才从这高山上搬出，移居到便于生活的新居去了。

看过故乡的水在这里做的精彩表演之后，我们坐上游艇荡漾在湄峰湖里。这是一个人工湖，是20世纪70年代修建的水库。人们在两山之间筑起一道大坝，拦住从大山深处流出的湄江水，让往年白白流走的湄江水，按照人们的意愿，通过一条条渠道，流入远远近近的田野，去浇灌庄稼，给谷粒灌浆……大坝内的湖水，在没有风的时候，真像

一块静卧在青峰翠岭间的绿宝石。更让人惊异的，就是在这样美妙的环境里，我认识了一个无手的朋友。他叫吴毅，二十九岁的青年。他年幼时遭电击，不幸失去双手。他并没有因此趴下，而是坚强地站立起来。在全国残运会上，他一举夺得游泳金牌。我们见面时，他给我们泡茶递水，全是靠他的双臂完成的。这天，他来接我们，要领我们去看他开办的湄江山泉水厂。他们村里的一堵石崖下，涌出一股大泉，水质经有关方面检验，质量极佳。于是，他在当地政府的支持下，办了这个桶装水厂。把故乡最佳的山泉水，销出山外，送到都市，供给南南北北的人们饮用。

看了他厂房里那自动化加工处理原水的设备以后，我们来到取原水的那堵石崖前。石崖下，流出一股巨大的泉水。水量之大，在泉口流出了一条溪河。此刻，我忍不住躬下身去，掬了一捧水喝。这水，还真有一丝丝甜味……站在这位汉子前，我觉得自己突然变矮了。我为故乡有这样自强不息的山里汉子而自豪，也为故乡有这样神奇的山水骄傲！

原载于2020年7月6日《人民日报》

人生最美的风景

故乡，是游子一生的牵挂。

近日，我回到生我养我的那一片故土。一群故乡的作家朋友，邀我去看一所乡村学校。于是临时起意，我被他们领到了这里，一个令我大感意外的校园。

这是伏口，是我们涟源与新化、安化、宁乡四县市交界的一个偏僻的山区小镇。童年在家时，老辈人称这里是“内得山里”，意为深山老林。如今的涟源人，也把这里称作“涟源的西藏”，其意是不言而喻了。

当我一迈入伏口中学的校区，我的眼睛不禁一亮：漂亮、靓丽、开阔。一栋栋教学楼，气派而雄伟。整个校园，绿树花坛，芬芳四溢……我曾经到过不少城区的学校，其校区环境还不如这山区学校的校区啊！

接着，伏口中学这位年轻有为的校长陈善桂，又陪我到位于山镇另一头的伏口中心小学去。这里，更使我感慨良多！伏口镇，坐落在海拔1100多米的涟源第二高的高山之下，一条美丽小河——归水，穿镇而过。中学，在归水之西，而中心小学在归水之东，相隔约两公里。中学，有1300多学生，而小学，学生竟达2000多人。其兴旺的景象，可以想见。如今，一个普遍的社会现象，农村的孩子随着打工的父母进城上学，致使乡村学校不断衰落，不少村里的小学关闭了，停办了。

谭谈在伏口中心小学大门旁

这里的社会上，流传着这样的话：一等父母的孩子进长沙（省城），二等父母的孩子入娄底（地级市），三等父母的孩子到蓝田（县城），四等父母的孩子留乡里。一位老师，十分悲凉地和我说了一个故事：说前几年，她和一位老师到一个村的小学去监考。而这所村小，只有一个学生了。那时正是腊月，天气很冷。她们把这个学生安排在一位老师的宿舍，两个老师烤着火，为这个学生监考。这个村里的其他学生，有条件的进城上学，没有条件进城的，也到了镇上的中心小学。这个学生的父亲去世，母亲改嫁走了，年迈的祖父母带着她和一个三四岁的妹妹……走不出这个村子。

伏口镇乡村雪景

面对这个严峻的现实，这个镇加大对教育的投入，对全镇的学校调整、改造、提升……关闭停办一些生源严重不足的村级小学，创造条件把家境困难的孩子们都安排进镇里中心小学就读。教学质量逐年上升，学校环境变美了，优秀的教师留住了，优秀的学生也留住了。如今，外地人走进这个山镇一看，最壮观的建筑，最漂亮的环境是学校！那里，成为全镇最美的风景！

这位校长告诉我，中心小学，是原来的伏口中学，而如今的伏口中学，是曾经的县里的第五中学。五中，曾是一座有故事的学校。从这座学校里，走出过我国著名的古文字学家、书法家、暨南大学教授、广东省书法家协会副主席陈初生等一批社会英才。如今，五中的“番号”撤销了，但这段历史却和校区一道，压到了伏口中学身上。这使伏口中学的领导，深感肩上的担子沉重。他们在省、市有关部门的大力支持下，不负使命，负重前行，亲力亲为，短短几年里，将学校改

寨子山风光

建为今天这个样子。原先的五中，是高中，如今的伏口中学，只是一座初级中学了。而过去的伏口中学，就成了小学了。他们的教育层级是降低了，而他们的教育品质和档次，则大大地提升了。闲聊中，这位年轻的校长告诉我，他原是中心小学的校长，调到中学来才半年。从小学到中学，他都坚持抓住两点，一是学生的阅读，二是学生的运动。一个静，一个动。阅读塑造人的心灵，运动强健人的体魄。中小学生，正是人生的春季，把这两个基础打牢固了，将有益于他们的一生！

于是，近几年里，在阅读方面，这个偏僻的山区中学，先后请来了湖南省内知名的儿童文学作家汤素兰、李少白、邓湘子进校园与学生对话，创办了学生的新星文学社，办起了新星文学报。有耕耘，必有收获。这里先后走出了一批文艺人才。从这座学校毕业的女生龙向梅创作的童话《鞋尖朝外》，获得2019年陈伯吹国际儿童文学奖，成了省内知名的童话作家，谭鹏飞、邱凤姣，用他们出色的创作成绩，成了湖南省作家协会、中国煤矿作家协会会员。

我们走进中心小学的时候，正逢学校放学。校门外，挨挨挤挤密密站满了人。都是来接孩子的家长，或是孩子的父母，或是孩子的爷爷奶奶。此情此景，可见长辈对孩子的关爱之心……

一栋教学楼里，响起了哨子声。随之，传来“嚓嚓”的脚步声，一队六七岁的孩子，整齐地结队走出来了。前头的孩子，举着一块牌子，上书一年级某班。其威武的样子，使我想起当年我在部队出操时的情景，我禁不住站在他们前面，与这些今日威武的孩子、祖国未来的栋梁合了一张影……这是人生最美的风景啊！

这时，领我来到这个山镇校园的几位作家朋友，告诉我，今天伏口的教育，是涟源的骄傲！也名震娄底！甚至在湖南，都有些名气。是伏口一张靓丽的名片。如今，亲临其间，耳闻目睹，校区靓丽的美景和孩子们天真、幸福的笑脸，我禁不住又认真地看了看面前的这位校长和他周围的这群教师，心里涌动着一种思绪，他们是一群有思想、有追求的教育英才！他们正肩负着乡村振兴的重任啊！

离开校园的时候，统管伏口全镇教育工作的龚军政嘱人拿来纸笔，要我给学校题写一句话。我便挥笔写下：

人生最美的风景在校园！

原载于2021年1月8日《光明日报》

花山岭上起新屋

我们老家湘中那一带，把建新房叫作起新屋。前不久，妹妹传来信息，她起了新屋，邀我回家看看，为她的新屋起一个名字。趁着新春假期的好天气，我便驱车上路了。

妹妹住在山上。山叫花山岭。

山名很美丽。美丽的山名出自何人之手，又流传了多久，不得而知。这里的人只知道，山上全是石岩。覆盖在石岩上的，是薄薄的一层土。这层薄土长不出大树，只能长茅草。真可谓是一个鸟都不屙屎的地方。山上没有树木，山下自然就没有河。一条小沟，只在下大雨时，排泄一时猛涨的山洪水。一旦雨停，沟就干了，成了摆设。这个美丽的名字里，只是深含着这里的先辈们当年对美好生活的向往。

1968年，我从部队复员。刚刚20岁的妹妹，准备出嫁。婆家就住在这山上。妹夫高中毕业后，在一所乡村中学当民办教师。父亲相中了他，定下这门亲事。母亲听说把妹妹嫁到这山上去，死活都不愿意。她知道，这山上的人家，几丘山坳间的薄田，全是望天收。哪年雨水好，就能收几粒谷。哪年天旱，就颗粒无收。只能靠种在山上土里的红薯充饥。一年到头，大半年吃的是红薯，没有几粒好饭吃。哪个母亲忍心把自己的女儿嫁到这山上去？但母亲性格懦弱，如何拗得过强势的父亲？妹妹还是要嫁上山去。当时，家里极穷，拿不出钱来为妹妹置办嫁妆。我复员时，部队发给我三百零八元复员费。我悉数拿了

出来为妹妹购置嫁妆。在妹妹的嫁妆里，最惹人眼目的，是一部蝴蝶牌缝纫机。这部缝纫机，一直陪伴妹妹生活了五十年。妹夫开初在乡村中学做民办教师，工资很低。后来转正后，每月也只有三四十元钱。好多年，妹妹靠这部缝纫机为别人缝制短衫长裤，挣点小钱补贴家用。岁月更迭，时光流动。妹妹结婚几年后，一连生下三个子女。本来，他们的住房就极挤。她公公五兄弟，全住在他们祖父手里建起的一栋房子里。她家只有两间房，要装下他们夫妇、儿女和公公。实在挤得不行了，她就想在这老屋旁边搭盖两间新房。可是手里没有钱，当他们省吃俭用，勒紧裤腰带，积累了百十来块钱后，就准备动手了。当时，我每月工资也只有四十多元钱，咬牙挤出四十元钱，支持妹妹搭建这两间新房……

又是多年过去，妹妹老屋里的叔叔们，也家家人口增多，老屋里实在住不下了。于是纷纷搬离老屋，另择新地建房。妹妹也在山顶上选中了一块地，打算起一栋新屋。这时候，他们手头的积蓄比当年在老屋旁边搭盖新房是多了些，但也不过两三千元钱。这点钱，要盖一栋两扇四间一厅屋的新房，自然差一大截。只好向亲朋好友借钱筹措。我那时的工资一个月也只有五十多元。好不容易挤出九百七十元钱，支援妹妹建房。当时，购买粮食还要凭粮票。我把自己多年积下的几十斤粮票也交给了妹妹。那是计划经济时代，建房需要的钢筋水泥，都要凭指标购买。我托关系找熟人，帮妹妹搞到了六百公斤六码丝（建房浇筑水泥梁柱用的钢筋）……第一年，总算把这栋不大的房子的主体立起来了。前后用了三年时间，这几间房子才最后完工。从中可以想见，那年那月，一个山民要起一栋屋，是何等的艰难！

如今，猛地听说妹妹又要起新屋了。从前妹妹建房的辛酸往事，就直往我心里头涌！

可是这一次，却没有听她开口说建房要钱的事。她只是说，要我帮她为她的新屋起一个名字。一个山村妇女，竟有了这高层次的文化上的追求！我心中未免有些纳闷。

确实，这些年，党调动一切力量，全力推动广大贫困山区脱贫致富，广大农村的面貌，有了翻天覆地的变化。不通路的偏僻村寨，通上了水泥路、油砂路了；不通电的边远村寨，通电了，有了网络，电价也和城市一样了；缺少水的高山村落用上干净清洁的自来水了……更让人亮目的，是农村住房的变化。一栋栋漂亮的小楼，耸立在山山岭岭的村村寨寨里，哪一栋都不比城里的别墅差……这些年，我常在乡间跑，农村的新面貌，真让人陶醉！但我也发现，这些亮丽的乡间新屋，虽然装修得很漂亮，很新颖，很气派，但缺少文化！许多传统

谭家三兄妹和妹夫，在他们的新屋前

的古村古寨，凡气派一点的建筑，都有一个文化内涵颇深的屋名、庄名、院名。不少村落古建筑上的对联，被一代一代人传诵，载着历史的烟尘，影响着一代一代人……听到妹妹的这个要求，我看到了今日农民的一种新的向往，新的追求！这是多么富有时代意义的追求啊！

前几年，在政府的大力支持和引进下，一个光伏发电厂落户在这座遍地石岩的花山岭上。一块块光伏发电板，成规成矩地覆盖了偌大一个山头，延绵十数里长。成了这片山地上一处亮丽的风景。当年农人发愁长不好庄稼的石头山，如今接收天上太阳送来的财富，为人类造福。山岭上的人，当然也就与贫穷拜拜了。

路好了，家就近了。早先从省城回家，要一整天。如今，高速公路通到了家门口。驱车到家，只要两个来小时了。

妹妹住的山上，水泥路从山下直通山顶。在一个拐弯处，我们的

山下好田园

车子上山了。弟弟驾车，我坐副驾驶座。山间的景致，使我的眼睛一次一次地睁大。那不是别的，那是一栋栋立在山坡间的别致亮丽的新屋。一进山口，迎面而来的，就是一栋气魄十足的大屋。由于是建在坡地上，主人便从坡下用石块垒砌一堵坚实高嘞，平出一片地来，开出了建房的地基。楼房三层，设计新颖，装修华丽。屋前开拓出一个百余平方米的停车坪。铁制院门，自动开关。门前还闪动着电子屏幕……你想想，这跟都市里的高档小区，又有多少区别？

小车在坡陡弯多的爬山公路奔跑。坡岭间耸立的一栋栋各种式样的农家新屋，扑面而来，让人目不暇接。原先，这座山岭也是我归家必经之地。每次从外地回家，从山那边的公路旁下了班车，沿着上山的羊肠小道，翻山过来。那时候山岭上的农家屋子多是茅草盖顶的。

妹妹的新屋起在山顶。水泥路一直通到她的屋门口。很快，我们的车子就稳稳当当停到她新屋前面的水泥坪上了。

新屋，起在她那前后用了三年才落成的矮小的老屋旁边。地基全是从石岩间开凿出来的。此时正是春节期间，她的儿女孙辈都回来了。家里热热闹闹。新屋是一栋三层楼房，外墙全是瓷砖贴面。色彩不落俗套，颇为庄重。在乡村中学执教数十年的妹夫，已退休多年。近些年疾病缠身，很少出门。这一次，看到新屋落成，他来精神了，整个人气色好多了。他患有肺气肿，平日走路爬坡出气不赢。而今天，他竟陪我们爬到三楼。一层一层陪我们看，一间一间房子向我们介绍。三层楼房，共有七个卧室，每个卧室都配有独立的卫生间。客厅、书房、棋牌室，一应俱全。妹夫一边领我看他尚未最后完工的新屋，一边对我说，客厅宽阔的墙面，应该挂一幅画或者一幅字，一层、二层的廊柱上最好能挂上一副什么样的对联……听他这颇为自豪的语气，其兴奋之情，可想而知。

在路上，我就一直在思索。给妹妹的新屋取个什么名呢？房屋是文化的载体，而文化是房屋的灵魂！有了文化，才能远行。许多古建筑倒塌消失了，而曾经嵌刻在这些建筑物上的对联，还在民间流传，就是明证。

“前两次建房，我都支援了一点钱。这次可没听你们说。”

“如今政策好，崽女都搞得不错，赚得有钱。不差钱啰。这栋房花了一百多万元呢！”妹夫说着，开心地笑了。

“那这次你是要我从文化方面帮帮忙，帮你们的新屋搞搞文化装修啰？”

“就是啰，就是啰！特意要你帮我们为新屋取个名，写个字。找你的朋友为新屋写几副好对联。”妹妹回答道。

我们边说边往楼上爬。很快，便上到了楼顶，站到了楼顶露台上。放眼望去，只见山坡下，依次耸立着的一栋栋农家新屋，在明丽的春阳下，分外亮眼！一缕阳光，迎面洒下。这时，我的心猛地一动，可谓灵感涌动。屋在山顶，朝向东方，每天最早迎接太阳！心想：这不就是迎日的居所吗？这么好的世道，这么好的前程，真如迎着太阳走。于是，我对妹夫说：“屋名，就叫接日居如何？”这位教了数十年书的老教师，立即表示赞赏。对联，我想出两句来：“家居山顶早迎日，人在巅峰晚牧星。”

“那客厅大墙上，我回去用宣纸给你们写这样几个大字：花山岭上人，山高尔为峰。表达一下如今你们胸中的豪气！如何？”

“好呀！好呀！”

妹妹笑了，妹夫也笑了。笑容是那样灿烂！

我站在楼顶露台上，看着岭上一栋栋新房，胸间感慨万千！山坡间这一栋栋农家人的新屋，是党的乡村振兴战略描绘出的一幅壮美的图画啊！

原载于2021年3月3日《人民日报》

还童园里过大年

背靠花山岭面朝洪界山的一片山地里，有一个亮丽的农家人的健身广场。这就是湖南省涟源市曹家村老农活动中心的晚晴广场。大年三十临近中午的时候，广场里响起一阵欢快的鞭炮声。鞭炮燃放处，闪动着一张张男的、女的、老的、少的灿烂的笑脸。鞭炮声停下后，他们一个个带着喜悦走进了一个四合院，围坐到了用两张乒乓球台子拼起来的长桌前，一道道散发着浓烈年味的菜肴，已摆满了长长的桌面……白酒、红酒、饮料一一斟满杯盏，主持人吆喝着："都把酒杯端起来，为鼠年中我们取得的成就喝彩，为牛年里我们的生活更加红火，干杯！"

大家纷纷端起杯来，畅快地喝着浓烈的、品着清淡的、饮着甜美的杯中之物，阵阵欢声笑语洒满了整个四合院……

我端起杯来，看着面前这一张张既亲切熟悉又似乎陌生的笑脸，遗落在这个院落的童年往事，止不住地向面前涌来……

这块地方，曾经是自己的祖屋。那是当年我的高祖领着他的六个儿子建起的一栋有十几个厅堂二百多间房子的大屋。每个儿子都建有上、下两个厅堂，数十间房子。我的曾祖是高祖的第五个儿子，俗称五房。大屋从东头到西头，约有四五百米长，全由屋廊连接。落雨天从这头走到那头，不会踩湿脚。过年的时候，每个房屋里的孩子全跑了出来，从这家串到那家拜年。喷香的炒花生，脆甜的红薯片，一个个小口袋里被房里的小婶大娘塞得满满的。孩子们一边笑着、吃着，一边玩捉迷藏、跳绳子的游戏。十几个厅堂里，全装满了孩子们的稚嫩而甜美的欢笑声……日月更迭，时代前行。家族繁衍生息，大屋里人口越来越多。这时候，祖屋里的子民，只好告别祖屋，到外面择地建立自己新的居所。有些人由于建房资金的不足，只好拆下老屋里能用的材料去建新屋。久而久之，老屋一点一点地消失，最后成了一片废墟。2018年，大屋五房的子民提议，在自己祖屋的废墟上，建一个供村里老人和孩子阅读、健身、休闲、娱乐的场所，称之为曹家村老农活动中心。让祖屋以这样一种方式新生！以此告慰自己的先人。

今年这个年节，这房人相约到原先的祖屋、今日的老农活动中心晚晴书屋（也称还童园），过一个大家庭团聚的年。于是，散落到这里那里的五房人，回到了晚晴书屋的庭院里，摆起了这桌数十人围坐的长桌宴……

党的乡村振兴战略，正在各地落地。村子里的一栋栋新楼拔地而起。每一栋新房，都藏有一个致富的故事。每一个家庭，都走过一段从贫穷到富裕的奋斗历程。如今，他们带着各自成功的喜悦，汇集在还童园，相会在这个年节里，互相诉说自己对新时代、对党和政府由衷的感激！

喝了几口酒后，我也忍不住站起来想说几句话了。在团聚的这群人里，无论辈分、年龄，我都是最高的了。在他们中的许多年轻人面前，我是长辈，免不了要在晚辈面前“翻翻古”了。我10岁那年，在外打工讨生活的父亲出了点事，不能回家过年，也没捎一分钱回来。家里自然不能购置年货。大年三十的前一晚，母亲拉着我和五六岁的妹妹坐在火塘边，愁着明天这个年怎么过。突然，门被推开了。六十多岁的四阿公提着一块猪肉走了进来，交给我母亲说："明天把它煮好给孩子们吃，对付着过了这个年，以后日子会好起来的……"六十七年了，这个镜头，一直装在我的心里。这就是一种大家庭的温暖！多年以前的某一天，我接到一封信，我的一位堂哥嫂，因想不开离开了人世。堂哥因此事急得精神错乱，他们家无力为不幸的堂哥嫂举办丧事。为此，玉辉叔虽然不是这位堂哥的亲叔叔，但他牵头主事，邀本房人资助安葬这位堂哥嫂。我的父亲也是一个仗义好施的人。我到长沙工作后，他每次到我这里来，只有两件事。一是带人来看病，一是帮人来告状。村里的学校成了危房，要拆除重建，缺少资金。他来长沙了。带着一封几个人联名写的信，找这块地方在长沙工作的人，一家一家上门游说募捐。第一个就要我认捐。我接过信一看，是四个人的联名信。前三个人的名字前面，都有头衔。不是退休干部就是退休教师。我父亲的名字前面，写着"知名人士"四个字。我忍不住笑出声来。我的邻居、作家萧育轩知道后说："你不要笑。知名与否，是有范围的。有人，世界知名，有人，全国、全省知名。你父亲，在全村里应该是知名的吧！"我最后对晚辈们说："前辈们这些为人处世的好精神、好作风，这就是他们留给我们后人最宝贵的财富！我们形体上的祖屋虽然消失了，然而，先人们的这种精神，这种作风，是一种不倒的精神的祖屋，应该永远屹立在我们心中！"

还童园里过大年，别有一番体味在心头。团圆宴上话传承，一种昂扬向上的家族传统在传递！

原载于2021年2月19日《中国艺术报》

一湖碧水入画来

蓝天下，青山旁，静卧着一湖碧水。

这些天，每当山边天际泛白，我就来到了湖边草地上，一边吸着极鲜的空气，一边欣赏着碧水青山和碧水青山上那天际的变化。只见远方山脊的天空越来越亮，渐渐，云彩变红，把天际下一个个翠绿的山头衬托出来。接着，一个山头上冒出来一个红点。不一会儿，红点变为半个红球。这半个红球，像一个害羞的村姑，羞答答地扒开红云朝外张望。好一阵，才勇敢地露出整个脸庞，把自己的一缕缕光芒洒向大地……

朝阳下的青山，更加秀丽妩媚；朝阳下的碧水呢，像翡翠，像明镜，无比美丽动人。

天空上云彩也亮丽多彩，幻化出多种图案，有些如村姑起舞，有些如骏马奔驰，有些如彩带飘逸……这时，没有山风掠过，湖面很静，青山很静。湖水把两岸的青山、天上的彩云，全搂在自己怀里，水上是天，彩云飘动；水下，也是天，也有彩云飘动。凌晨的湖，如一个美极了的入睡的村姑；凌晨的山，似一个俊极了的站立着的伟岸山乡少年！

屈指算算，我在这湖畔，来来往往，断断续续生活了快二十年。对这个湖的今与昔的过往，对这湖水的浊与清的变化，可谓有切身的体会。

原本，这里没有湖，两排高山之间，是一个长长的峡谷。峡谷里，从远处流来一条溪河。那是孙水河。孙水汇入涟水，涟水注入湘江。最终，汇入洞庭湖、长江，流入大海。在那个意气风发的年代，为了解决娄邵干旱走廊数十万亩良田的灌溉，这里的山民，在党和政府的组织下，卷起铺盖，自带干粮，从十里八乡来到这里，安营扎寨。一时间，这个原本寂静的山谷，整天锣鼓喧天，炮声隆隆。这些山里的汉子和女子，靠一腔壮志豪情，用锄头、扁担等最原始的工具，筑起了一道百余米长、几十米厚、数十层楼高的土坝，将两边的大山连接起来，截断了这条千百年来流淌在山谷里的孙水河……于是，两排青山之下，就出现了这个洋洋10500亩水面的大湖。需要的时候，让多少多少万方的水，按照人们的意志，流入干旱的田土，浇灌这样那样的庄稼。平日，让它变为电流，点亮千家万户的灯，光亮这个世界！

20世纪90年代，我们来到这里，把作家们捐出的数万册图书，在这库水边，装备了一个乡村图书馆，被人们称为“作家爱心书屋”。许多名满天下的文学艺术大家和科学家，在捐赠自己著作的同时，给山乡青少年们写来情深意切的赠言，勉励他们立志成才。我们把这些赠言寄语，用大理石板雕刻出来。一个三百多块碑石的爱心碑廊，就坐落在这湖碧水之畔了。

这样优美的地方，自然会受到热爱生活、亲近自然的文艺家关注。湖南省文艺家创作之家就坐落在这湖碧水边了。那些年，一批一批的画家、摄影家、书法家、作家来到这里，写生、拍照、写作，把这里的碧水青山，请进他们的作品里，好不惬意！

几年过去，中华大地，掀起了开发的热潮。潮水也涌到了这个大湖边。那些年里，这广阔湖面喧闹得几乎沸腾起来，上有水上飞机，

库区群众正在清理湖面漂浮垃圾（李次青/摄）

下有快艇穿梭，水上餐厅一家挨一家，游客纷至沓来。有道是："靠山吃山，靠水吃水。"湖岸的人们，有的搞起了网箱养鱼，有些拉起了围网，割占一块水域来放养鱼虾。甚至一个渔业公司也进驻了。他们为了追求效益，时常把数十吨化肥撒入湖中，鱼肥了，水呢，也肥了。然而几年下来，一湖水，却变浊了，黄了。

这时，人们才惊醒：这是在杀鸡取卵啊！得到了短期的利益，却带来了长期的灾难。

"绿水青山就是金山银山！"这时，一个声音，在华夏大地响起，也给这白马湖的管理者们敲起了警钟。2010年起，他们痛下决心，进行整改，先是把粗放式开发引来的水上飞机、快艇等游乐设施全部撤离，接着将一家家水上餐厅、湖边宾馆、游乐场所通通关掉。这些，说起来容易，做起来难啊！白马湖水库管理处、白马镇政府，在娄底

白马湖区一瞥

市、涟源市政府的有力支持下，依法依规，耐心做商家工作，也依法给予补偿。有些户，有些人，上门十次不行，就上门二十次、三十次，反反复复给他们讲解党和政府的政策，推心置腹地和他们分析长与短的利害关系。哪个人不为自己的子孙后代考虑？要给子孙留一座青山，留一湖好水啊！

2017年，娄底市出台娄底市第一部地方性法规《娄底市孙水河保护条例》，用法律手段来支撑河湖治理。年复一年地坚持下去，年复一年地艰苦工作，政府财政又拿出数百万元资金，终于把库区周边的餐厅、宾馆全部关停了，把库区水中的一个个拦网、围网、网箱全部清除了。只有一样，让管理者们头痛不已。那就是清退渔业公司。当年，这家渔业公司是与有关部门签了承包合同的，而且一签三十年。毁掉合同，有关部门就要付出巨额的赔偿。你要毁掉合同，他就要状告你，就要走上法庭……为此，涟源市委、市政府专门成立工作组，痛下决心，赔偿对方428万元，坚决清退了这家渔业公司……

正当他们紧锣密鼓对湖区生态环境进行整治的时候，有人反映，库区上游一个县正在新建一座垃圾填埋场。这座垃圾填埋场建在一条小溪边。一逢下雨，垃圾填埋场里的污水就会随着这条小溪流入白马湖。而这个县，属另一个市管辖，自己的手伸不过去，怎么办？水库管理部门立即向上级报告。在上级的支持下，这个县的垃圾填埋场搬移到了别处。

经过十多年的艰苦工作，湖面上没有快艇穿梭，没有飞机带着游人入空飘动，没有网箱、围网和拦网了，湖岸边更没有水上餐厅了。2019年，白马湖荣获湖南省“最美河湖”的称号。

这个湖的今与昔的过往，这湖水的浊与清的演变，迅速地在我的脑海里推演着。这个变化，不正反映了人们价值观的变化？不正反映了人们生态观念的进步？

太阳升高了，阵阵山风掠过，湖面上泛起一层一层涟漪，阳光下，微波如碎银般地跳动。这时，岸边草地上，有某家艺术院校的师生端坐在那里，正对着近处的碧水和远处的青山，认真地写生呢！只见一块块写生板上，一幅幅漂亮的画作正在形成。一些摄影家，也来到了这里，举起长长短短镜头的相机，正在把这蓝天、青山、碧水，引进镜头……

一湖碧水复又回，一湖碧水入画来！

原载于2021年8月30日《人民日报》

青山里之秋

深秋的一个下午，我来到青山里时，稻海正翻起金色的波浪，鸟雀正唱着欢快的歌儿，山林也摇曳着身子跳着最优美的舞蹈。宽阔洁净的马路，一排排或二层或三层或四层的漂亮楼房，宽敞而又设施完备的“青山里文艺广场”……眼前的一切让我惊奇。更让我欣喜的是，村里百姓脸上真诚而幸福的笑容，像山上的橘子一样甜。

青山里因为青山而得名，它所在的村原来叫青名村，现在已经和同心村合并成石珠岭村。石珠岭村是我家乡涟源市七星街镇下辖的一个行政村，虽然这一带矿产资源丰富，自然地理环境优越，但在我的印象中，青山里一直地处偏僻，交通落后，并无特别之处。然而，青山里随着时代在变迁，而我的记忆还停留在过去。经历了春天的播种，夏天的耕耘，青山里开始了秋天的收获。

夏望东便是青山里变化的见证者之一。五十岁出头的望东刚从北京回来，他在北京大兴开了家公司，效益也不错，但随着年龄的增大，故乡的分量在他心中越来越重。只要有空，他就往故乡跑，看老母亲，看故乡日新月异的变化。和望东行走在青山里，望东手舞足蹈的样子告诉我，他对故乡变化的惊奇，他对故乡变化的豪情。望东告诉我，近年来，青山里一带的变化，自然离不开国家好的政策，离不开老百姓自强不息的奋斗精神，也离不开一些爱心人士对青山里的关心，特别是从青山里走出去的夏金辉。

夏金辉，我熟，或许因为我俩是老乡的缘故。记不起是哪年认识

在文化广场起舞的青山里人

的，只感觉他是我的老朋友了。金辉个子不高，但十分精干，是个有情怀、有思想的人。望东说，他与金辉年岁相当，是小时候一起光屁股长大的伙伴，后来金辉去当兵，还上过战场，从部队转业后工作在省直单位，干得有声有色。虽然金辉一直在外当兵和工作，但有着极其浓厚的家乡情结。对于他来说，家乡的一山一水、一草一木，甚至是每一块石头，都有一种说不出的亲切感。与其他人一样，随着年岁的增长，他对家乡的牵挂越深，在时常感念父老乡亲的同时，也更希望用自己的微薄力量为家乡的发展添砖加瓦作些贡献。于是从2008年起，金辉就发动青山里的能人和走出去的有识之士，关注家乡建设，并从治理青山里的山塘开始……

我倒觉得金辉更是一位建设美丽乡村的探索者和实践者。虽然以前的青山里地处偏僻，交通落后，但因为百姓的勤劳，这里并不算贫困村，当然也算不上很富有。走出贫困后，山村该如何发展？该如何真正过上幸福的小康生活？金辉觉得，首当其冲的就是要让老百姓精神上富有起来。

青山里的村民公园——大家园
大家园，大家建，大家享，大家爱

一对老友，相聚在青山里

村里的现实证实了金辉的判断。望东告诉我说，以前青山里人心涣散，因为一家的鸡吃了另一家的菜，两家就会谩骂打架，闹得不可开交。青山上也是阴森森的，晚上更是一团漆黑，谁也不敢出来，村民哪有娱乐活动。当时青山里青壮年出去打工，大多挣不了高工资。为什么？没文化，也没技术，干不好，也干不长。为此，金辉开始琢磨起来。思来想去，他决定动员身边的好友，组织乡亲邻里，共同建设一个属于青山里的文艺广场，不仅仅是青山里的广场，更是青山里里外外人的广场。虽然有个别村民思想认识不到位，持反对意见，但金辉的想法还是得到了绝大多数村民，特别是得到了一些爱心人士的大力支持，有支持经费的，有支持物资的，有支持人力的，还有精神鼓励的。金辉觉得，不光要有文艺广场营造良好的文化氛围，还要解

大家园里的十二生肖广场

决农民的就业问题。于是，他又决定在广场边上建农民工创业培训中心。金辉想通过文艺广场引导农民的文化和文化生活的走向，不仅要让他们富起来，更要让他们乐起来！

经过一番精心筹备后，2015年8月，青山里农民工创业培训中心暨文艺广场开工，一年零四个月后竣工。其中有艰辛，也有矛盾，但更多的是村民和爱心人士的热情与汗水。步入文艺广场，首先映入我眼帘的是普希金的《假如生活欺骗了你》、赵朴初的《宽心谣》……文化墙上既提醒村民“心术不可得罪于天地，言行要留好样与儿孙”，也提示青少年“少年不经勤学苦，老来方悔读书迟”，这些是书法名家专为青山里文艺广场书写并刻上墙的。文化广场，植入了文化，显示了文化，体现了文化。还有农民工创业培训中心、图书阅览室、健身娱乐区、戏台游览区等区域……如果在城市，这些不足为奇，但在远离城市的山村，就显得尤为珍贵了。我想，文艺广场的竣工开放，无疑传递了家乡新农村建设的精神之美与形象之美，寄托了无数爱心人士的美好情怀和殷切希望，必将引领青山里及附近的村民，走进一个魅力乡村的人文深处，去感知一种健康向上的精神脉动。望东欣喜地告诉我，文艺广场开放、道路亮化后，青山里人心齐了，能量正了，哪家有什么事，村上有什么事，只要一声喊，都义务帮助，出钱出力，拧成一股绳了。山上山下，现在白天晚上都有人去了，或散步，或健身，或唱歌，或跳舞，热热闹闹。青壮年外出打工，不仅方便了，也更自信了，攒的钱也更多了。

我想，展现在我眼前的，应该就是金辉所追求的美丽乡村吧！

但金辉还有更大的打算。望东把我拉到青山里前边的水库边说，金辉已经开始与大家商量了，想让青山里有青山绿水，给子孙后代留下真正的金山银山。我有点疑惑，如何留？望东先是指着不远处的青山笑着说，把后面的青山保护好，也建设好，建成公园，让青山不改。接着望东又指着跟前的水库说，这是石珠岭水库，我们要把水库周边环境治理好，把淤泥清干，再在周边修一条环形林荫道，让绿水长流。

我与望东漫步在青山里时，实际上金辉也从省城长沙回到了青山里。只是他太忙，忙着与村干部商量村里的发展之事，没时间与我交流。

明年，或者后年、大后年的秋天，青山里又将会是怎样的一番景象呢？望着青山，我遐想着。

原载于2017年11月17日《湖南日报》

获湖南日报社、湖南省文联、湖南省作家协会和中南出版传媒集团联合主办的“梦圆2020”主题文学征文散文类一等奖

故乡的路

妹妹从老家来，原本是打算在我家多住些日子的。我们兄妹，都是年逾六旬的老者了。这次，我那刚学会开车的弟弟把她送来我家，我是准备安排她多看几处城中美景，开阔开阔她这个山里女子的眼界。没想到，她到的第三天，接到家中的电话，说家里有急事，非要她回家不可。这时弟弟的那辆车却出了点毛病，要送去修理。

“那我到车站去搭车。”妹妹等不及坐弟弟的车回家了。“我送你吧！”看她急成这样，我只好亲自出马了。

那天早上9点，天阴沉沉的，空中飞着毛毛雨。我这个60多岁的新司机，拉着妹妹就上路了。

穿过城区，很快我们就驶入了高速公路，到达老家的那座城市——娄底，才十点半钟。如果在几年前，从长沙到娄底是需要三四个小时的呵！如今，一个半小时就到了。

从娄底到我的老家，抄近路走山道，五十多里，只能靠步行，那是将近一天的路程。如果要驾车回去，则必须从涟源绕道，花费将近两个小时。我正驾车往前驶着，坐在一旁的妹妹突然指着前面岔路口一条新修的水泥路，说：“走这边，走这边！”

这个地方，叫石狗滩，早年有一所颇有名气的完全小学。我13岁时，从这石狗滩完小毕业。这，就是我的最高学历。

“这里有公路了？”我一怔。

“有了，而且都修成了水泥路面呢！”妹妹说，“现在，山里人富裕些了，大家为了进山出山方便，每家每户出些钱，政府再每公里补贴十几万元。这样，一两年时间，四乡八寨，村村通了水泥路，不少人家里还买了汽车呢！”

一股热浪倏地涌上我的心头。我是一个山里娃，是在这大山里爬滚大的。我家屋前面有一座山，叫洪界山；屋后面有一道岭，叫花山岭。花山岭是一座石头山，长不出大树，也开不出鲜花，只长了满山遍岭的茅草。我们的老祖宗，为它取这样一个漂亮的名字，或许是寄托一种愿望，或许是宽慰自己的心。

两座大山间，有一条长长的峡谷。山谷里，坐落着一栋一栋高高矮矮的农舍，我的家，就是这些农舍中的一栋，屋前面，一条青石板铺就的路，向山谷里延伸。往南走，可到达县城；往北走，则可到达省城。一代一代的山里人的脚板，把路面上一块一块的青石板，打磨得光光滑滑的，每块石板，如铜镜般放亮。不少的石板上，还被山里人的脚板磨出一个个凹凹。一条条石板路，也串联着屋前的洪界山和屋后的花山岭。小时候，我经常上洪界山砍柴火，上花山岭扯猪草。到了十一二岁，还挑着一担小箩筐，翻过花山岭，到二十多里地以外的金鸡坑担炭回家。三四十斤的担子，开始压在肩上，还不觉得很沉，步子也迈得飞快。走着走着，就感到肩上的担子越来越沉，脚步也越发迈不开了。快要到家时，偏偏又耸立出这座高高的花山岭。这时，肚子已饿得咕咕叫，两条腿发软了。每登一步山路，都要喘几口粗气，滴一串汗水。每当这个时候，总有一个矮个子女人，从山上飞快地走下来，接过我肩上的担子，递给我一钵子米饭，饭上还压着一个荷

四通八达的故乡路

栋栋新屋耸立，哪一栋是吾家

包蛋。

她便是我的母亲。

母亲挑着我担回的煤炭担子，沿着山间的那条石板路回家了。我坐在山上的石块上香甜地吃着那一钵饭菜。这时候，我感到这是世间最美好的享受！

记得在我七八岁的时候，父亲出了一次远门，到了省城长沙。从我们的村寨里到长沙，三百多里路，他穿着草鞋，走了四天。回来的时候，他用热水烫过脚后，一边叫母亲用针为他挑着脚上的血泡，一边兴奋地对我说："伢子，这次我在长沙街上，看到一种小屋子样的东西，四个轮子，跑得飞快，上面，还坐了人呢！别人告诉我：那叫汽车。什么时候，要是这汽车能开到我们这山窝窝里来就好了！"父亲说完，一声叹息。这一声叹息，又寄托了山里人多么殷切的企盼啊！

大约七八年后，花山岭那边，真的修出了一条能通汽车的路。一

高速路旁是吾乡

天，我们几个小伙伴，起了一个大早，翻过花山岭，到那边去看汽车。快到中午的时候，路的前边，真的出现了一栋“移动的屋子”——那叫汽车的东西跑过来了。

长大了，我走出大山，到外面闯荡去了，每次回家，我都坐汽车到花山岭那边山脚下，然后翻过花山岭回家。不过，那时路况不好，从长沙坐车到花山岭脚下，要六七个小时。当然，比起父亲那一代，要起早贪黑走四天山路，还磨一脚血泡，就不知好到哪里去了。

“往这边！往这边！”

妹妹又在我身边开口指路了。我按照妹妹的指点，往一座石山上驶去。这，就是我小时候挑炭不知爬过多少次的花山岭。如今，不见了山中石板路，却出现了一条威武的冲山而上的水泥路。不时看到一些山民开着他们新购的汽车，或运着家里烧火做饭用的煤炭，或载着家里盖新房用的建材，兴冲冲地往山上驶去。

不一会儿，我的车就平稳地停到了妹妹家屋前的坪地上。妹妹家的瓦屋盖在高高的花山岭的顶上。这时，雨停了，天放晴了。我站在她的屋前坪地上，俯瞰山下一个个的村寨，只见阳光下，一条条光亮亮的水泥公路，像一条条长藤，串联着这一个个村寨，将山谷间一个个原本分散的屋场，联结成了一个整体。

这是一幅多美的山村图画！此时，我的心里，猛然浮出早些日子在电视里看到的消息：去年，湖南全省先后有18条高速公路开工；今年，全省又有13条高速公路开工。几年后，湖南省的高速公路里程，将由现在的2000多公里，上升到5000多公里。是啊，故乡的路，不就是一部山乡的史书吗？它记录着山里人过去生活的辛酸，今天日子的甜美！

原载于2009年6月30日《人民日报》

获中国作协与人民日报社联合主办的庆祝新中国成立60周年征文精品奖

大坳岭上看古亭

你在我的心里藏了六十多年了。我总想有一天，能与你会会面，见见你的芳容，考究考究你的今与昔。我一直等着这一天，没想到一等就是六十年……这个年少时藏在心中的梦，直到暮年时才圆！

还是在十二三岁的时候，在小学的课堂上，我听老师讲到过你：卧云亭。亭，卧在云里。意境多么美妙啊！此后，你就在我的心里了，随着我，离开故土，走入军营……当我迷上文学，握笔开始学习写作的时候，你又浮现在我面前，让我浮想联翩。没有见过你，你却从我心里，跳到我的笔尖，化成了一篇散文《卧云亭的今昔》，登上了南方一座大都市的报端。散文发表在1966年3月15日的《广州日报》。当时，我刚刚在文学路上起步！

终于等到了这一天。

今年“五一”长假里，我躲到白马湖旁的省文艺家创作之家，将自己近年间写就的反映乡村新貌的散文整理，编辑为一本集子。做完这件事后，你又浮上我的心头。于是，返回长沙之前，我决意来寻你，来会你。

在几位故乡老友的引领下，我们驱车前去。车子跑过一段宽广的娄涟大道之后，就拐上了山间公路。接着，左拐右弯，爬一个坡又一个坡。突然，一个很陡的大坡横在前面。驾车的弟弟，胆怯了：“这么陡，我们的车，能上？”我坚定地说：“上！能！”在我的鼓励之下，

卧云亭夜色

已年逾花甲的弟弟，一脚油门踩下去，汽车终于冲上了这个陡坡。

上了这个坡，一览众山小了。面前顿时开阔起来。这时，走在我们前面的涟源市文体局刘益民局长的车，在一个坪地上停下了，于是我们也停下车，走下车来，抬头朝山坳一望，一座古亭不屈地昂立在那里。亭子石拱门上的三个大字，赫然醒目：卧云亭。

终于与你会面了。多少次，在梦里见你，今天，你从梦中走出来了，站在我的面前，能不让人感慨万千吗？

在来的路上，我们到电子地图上搜索过，天下号称卧云亭的地方还真不少，但唯独没有搜到你——我要见的卧云亭。可见天下之大，同名者之多。从这个角度看，你的知名度还不大呀！然而，你在我心里，在我们这一众山地人的心里，可是如雷贯耳啊！

你坐落的这座山，叫大坳岭。从山下看来，你看似高耸入云，实则海拔不高，只有400多米。前人建亭，多在古道上。在公路没有进

建于1905年的卧云亭

山、铁路没有出世的年代，这条古道是湘乡县（市）去安化县的要道。当年，它是用青石板铺就的一米多宽的大路。安化的茶叶也罢，湘乡的特产也罢，都是挑夫们用双肩担着，从这条石板路上进进出出的。那时候，这条古道，就如同今日的高速公路。而坐落在这条古道上的一个个茶亭，就如同今日高速公路上的一个个服务区……

我站在古亭前，端详着卧云亭那三个承载了百年风雨的古朴的大字，思绪翩跹。时代发展到今天，古亭也罢，古道也罢，已失去了它们的实用价值。如今人们出门，再也不会从这条古道上走，进这样的茶亭饮茶了。古道、古亭也早已淡出了人们的视野。而个中的精神内核，却永久地留存在人们的心中。那就是我们民族的传统美德！

2021年，谭谈拜访卧云亭

在没有公路、没有铁路的年代，民间的一些乡贤，有了些积蓄，积攒了些资金，就自发地邀集道同志合的众人，兴学，架桥，修路，在河道上设义渡，在山道上建茶亭，就是那个时代传统美德的集中体现。记得我十一二岁的时候，到二十多里外的煤炭山里担煤。快到家的时候，要翻过一座山。到达山顶时，已是筋疲力尽了。这时，一座茶亭就出现在面前。我走进亭子，实在渴得不得了了，便放下担子，连忙走到摆在亭子里的茶缸前，舀上一大碗凉茶，喝下去，那真是一种享受！这就是茶亭留给我的终生难忘的印象。

乡贤们组织设义渡，建茶亭，都有周全的考虑。为了渡口、茶亭能长久地为路人无偿服务下去，设渡、建亭之后，会筹措一笔资金，为渡口、茶亭置一份资产，供日后守亭、摆渡人生活……

每一个义渡，每一座茶亭，都有故事。卧云亭，更是如此。当年，在课堂上就听老师讲过。如今，亭子到了面前。我走进亭去，细细地端详着、猜测着嵌刻在亭中墙壁石碑上那些被时光磨洗得已很模糊的字迹，从中考究它的身世，它的往昔。

1855年，只有16岁的邓起玉，从老家去安化东坪当学徒，背着行囊，带着六个用桐树叶包着的皱粑，爬到这山顶上时，实在是又渴又饿了，只好到一孔山泉前，捧饮几口山泉水，吃了带着的一个皱粑，就在路边的一块大石板上躺下了。人累了，一下就睡过去了。梦境里，梦见自己这次外去讨生活，发财了。醒来后，他看到从山道上

挑着沉重的茶叶担子爬上山来的挑夫，一个个累得大汗淋漓，气喘吁吁，他们也一定渴得不行了。如果这山顶上有一个茶亭，能供他们歇歇脚，能让他们喝上一大碗凉茶，该有多好啊！于是，他对在路边歇脚的挑夫，兴奋地说了自己刚才做的梦，并告诉这位挑夫："如果日后我发了财，一定要到这山顶上建一个亭子，方便路人歇息，供应路人茶水……"多年后，邓起玉美梦成真了。他在安化东坪镇做茶叶生意，由于经营有道，积攒了一些资金。1905年，他开始兑现自己在山顶上的承诺，捐巨资主修卧云亭。历时三年，一座青砖黑瓦的茶亭，就立在这大坳岭上了，成为湘安大道上来来往往的路人的一个歇息、饮茶之处……

四面青山拥古亭

如今，古亭也罢，古道也罢，没有它的实用价值了。古亭，屹立于此，成了一座承载我们民族传统美德的纪念碑。古道，全被茅草覆盖了。一条宽广坚实的水泥公路通到了山顶。

为让百年古亭重放异彩，传统美德不断传承，邓起玉的后人和当地乡贤，先后于1997年、2007年两次对古亭进行了修缮。这座古亭，2019年被列入了省级文物保护单位。

站立在亭子里，凉爽的山风穿亭而过。吹在身上，感觉美极了。亭子旁边，坐落着一栋漂亮、豪华、气派的新屋，那是新时代在党的乡村振兴战略推动下发家致富了的山里人建的。一打听，主人竟是当年卧云亭守亭人的后代。当年的守亭人，除了有一颗慈爱之心外，主要是因为穷，家里一无所有，无处栖身，才寄身茶亭，承接茶亭的那份资产生活，才能义务服务路人。

我们的午餐，被安排在一个美丽的农舍里。我们走了进去，房屋的内外装修，都十分新潮，完全可以与城里的高档别墅相媲美！好大的一个院子。院子里的月季花开得正艳。一座六角石亭，气派地立在院中。这家主人姓萧。我忍不住对精明能干的女主人说："美丽乡村看你家！"

古亭美，美在我们民族的传统美德的传承；农家美，美在党的乡村振兴战略的英明！

原载于2021年9月8日《中国文化报》

娄底走笔

每次踏上这片山地，回到这座城，我总要登上这座山，站在山顶上的亭子前，看山下那座从山地中拱出来的城。每当这时，一股暖流，就澎湃在我心头……

四十年，艳阳沐浴，春风荡漾。我们共和国这块古老的土地，涌出多少令人心动的奇迹，发生多少令人瞩目的变化！不说改革开放的前沿东南沿海，不说这个那个特区，不说深圳由一个小渔村华丽转身为国际化大都市这种世界称奇的神话，我只说说我面前的这片中部省份的山地，这座湘中的新城。

那一年，湖南进行行政区划调整，从辖有十四个县域的邵阳地区，划出五个县、市，建立一个新的地区。因为地区机关所在地放在涟源县（市）的娄底镇，地区就定名为涟源地区。几年后，娄底镇升格为县级市，地区便更名为娄底地区。地区刚建立的时候，地委、行署的办公场所，是借用一个企业的厂房。

摆在这个新地区决策者面前的，是一片耸立着一个个小山头、长满油茶树的山地。他们要在这片山里，给地委、行署及一个个机构安一个窝，要在这片山上长出一座城来。

他，一位解放战争时期南下的老革命，北方汉子，却长着一副南方人的矮小身材。他出任这个新地区的首任行署专员。这个身材瘦小的汉子，却有一个极具前瞻性的广阔胸怀。他在这片山地上铺排出井

如此峻秀，这是娄底哪一角

字形的城区框架，街道参照长沙五一路的规模，正街四十米宽，两旁各留二十米绿化带，共八十米。许多人反对："太宽了，哪有这么多人走，哪有这么多车跑？太浪费土地了！"他坚持不改，说："我们不是要给地委、行署安一个窝，而是要建起一个有利生产、方便生活的现代化新城！要在公园里建城，建一座公园式的城！我们的眼光，要投放到五十年以后，那时，我们的后人不要为了拓宽街道而拆掉房屋，说我们目光短浅。"在这个倔老头的坚持下，这个三板块结构、宽四十米、街道两旁各留二十米绿化带、两旁建筑物之间相距八十米的气魄宏大的大街蓝图画出来了。

一年又一年，这片山地按照新城设计者的铺排，在那井字形的街区两旁，拱出一幢一幢新楼。这座城，就这样蓬蓬勃勃地长着。起初，只有城，不见市。街道上，是一个机关接着一个机关的办公大楼。有

从文体中心看越长越大的娄底城区

一年，这座新升格为县级市的城要拍一部电视宣传片，喊我回去写一个脚本。开拍的时候，偌大的街面上，没有人行，没有车跑，地委办只好发出一个通知，要求各机关的工作人员放下手中的工作，来逛街。各机关的车也都开上街来，配合拍好这部电视宣传片……

一晃，十几年过去，昔日那空荡荡的大街，也拥挤起来。一家家的商店，一个个的超市，布满大街小巷。在城区一个个交叉路口，红绿灯有规律地闪动，指挥着蚂蚁般的车流、人流，有序地流动……

四十年间，涟水边这个千把人的小镇，长高了，长大了。如今，是湘中山地拥有三十多万城区人口的新城。1999年1月，经国务院批准，娄底撤地建市，成了湖南省一座新的地级市。

这时候，人们十分感激那位瘦个子专员，佩服他当年的眼光。城在长着，长着。山地上的这一个那一个山头，被城市拥在怀中，成了

株山艺社——藏在森林里的艺术家之家

湘中大道

新城里这一个那一个公园。山地里的那个小湖，更成了新城的中心公园。夜幕落下、华灯初上的时候，湖边广场上，大爷大妈们这一群、那一堆，踏着欢快的脚步，舞动健美的身姿，享受着甜蜜的生活；湖边林荫道上，一对对情侣，相拥漫步，说不完的悄悄话……

而我，这片故土上的游子，最爱的是这座被城紧紧搂在怀里的山。那一年，组织上安排我到这里深入生活，兼任地委副书记，就住在这座山下。起初，山还在城边上，城还在山外边。每天清晨黄昏，我都会上山，到树林间漫步。渐渐地，城膨胀到把山搂到怀里了。山上的路也修整了，山顶上立起一座亭子。于是，山便华丽转身，变成城中的公园。原本，这山叫苦株山。新城里的人们，生活一天天甜蜜起来，成了公园的山，不能再冠之为“苦”，于是定名为株山公园。

要感谢当年这座新城规划者、建设者的胸怀、眼光和智慧，他们把一座座山留在城区里，把城建在公园里。于是，这座城，赢得了一项项荣誉：全国绿化城市、全国卫生城市……

昔日的苦株山，成了今日的株山公园。除了修整山中的林间小道、建起山顶方亭之外，还有什么吗？有道是："山不在高，有仙则名。"株山有仙吗？仙在何处？每次走到这座山上，我总要叩问自己。

公园之山，除了优美的自然风光外，还要有厚重的人文景观。历史与文化，大概就是山之魂、山之仙。那么，株山之仙在哪里呢？近日，几位在这片山地上长大、熟悉这座山的智者，对这山有了发现。山中，长眠着一位受共和国领袖称颂的"国之贤母"。她本是位极其平凡、连一个自己名字都没有的山地妇女，她积极支持儿子革命。她的儿子姜齐贤，是被红军将士夸为"神医"的红军卫生部部长兼红军医院院长。这位平凡而伟大的母亲，这个动人而神奇的故事，还有伟人的墨迹，不就是这座山之魂、这座山之仙吗？我想，如果这座公园，或者公园山顶上的这座亭子，冠以"贤母公园"或"贤母亭"，岂不更能使这座公园放射出别样的光彩？

四十年间，我故乡的这片山地，发生了翻天覆地的变化；我故乡的这座城，放射出如此夺目的光彩……这一切，都得感谢改革开放这个伟大的时代！

原载于2018年7月21日《人民日报》

醉卧故乡月

一个人生命的根在哪里？在养育你的那片故土里；一个人生命的魂在哪里？在那浓浓的乡情里。

人年轻的时候，幻想自己如风筝，能到广阔的天空里飞翔。然而，不管你飞到哪里，总是有一根线，牢牢地拴着你。那根线，是从那片养育你的土地上牵出来的；而那片土地，如一幅画，深藏在你的心里。你到哪里，这幅画就随你的心到哪里。

那片土地，就是自己的故乡。

我的故乡，在湘中，在那座石山下的黄土地上。她是那栋老屋，她是那片田垄，她是那口古井，她是那眼清水塘，她是……

故乡也有一座城，那座城叫娄底。

早先，娄底只是涟源县下面的一个小镇，傍着涟水河边，有百把间铺子，千把人口。到了20世纪50年代末，在这镇子对面的一片黄土岗上，冒出了一座钢城——涟源钢铁厂。成千上万的人，从南南北北聚集到了这里。镇子一下子长大了，成了市。然而，当规划中的市委、市政府的办公大楼还没有盖起的时候，天灾人祸一起袭来，三年困难时期来了，国家只好进行经济调整，娄底又由“市”变成了“镇”，依然回到了涟源县。转眼，到了1977年，国家从邵阳地区划出五个县、市，建立了一个新的地区。开始，叫涟源地区，后更名为娄底地区。猛然间，这片土地上便注入了新的发展活力。娄底又恢复为市了，成为地区下辖的一个县级市。

这片土地上一个个长满茶树的山头，在推土机下变成了一个个井字形的街道框架。一座座办公大楼立在这街道的两旁。街道宽五十米，与长沙市的五一路一样。记得复市不久，电视台要拍这座新城的电视片，约我为其写一个脚本。我便写下了《故乡那座城》。来这里拍摄的

月是故乡明，小城美极了

还是那轮月，换一个角度看新城

时候，街上太冷清了。组织者只好动员各机关的车都开到街上来，正上班的干部都放下工作来逛街……当时的娄底，有城无市，是一座机关城啊！

十年过去了，二十年过去了。

2004年，一个爽朗的秋日，我回到了故乡的这座城。此时，娄底已撤地建市好几年了。车子驶入市区之后，只见原先空荡荡的街道变得拥挤起来。人如海，车如流。交叉道口上红绿灯也变得威严起来。夜里，市建设局局长老傅，亲自为我驾车，要带我去看看故乡这座城的夜景。一条条街道，在灯光的映照下，流光溢彩。转眼，来到了市中心。偌大一个拥湖而建的文化广场，被绿树红花掩映着，休闲的市民，或在跳舞，或在聊天，或在散步，也不时能看到一对对年轻的情

新城娄底即景

侣在相拥着编织他们的爱情之梦……

街道两旁的绿化带，风景林如伞如盖，呈现出一片生机。一个个矮矮的花丛里，绽放着一朵朵鲜花，夜风中，送来阵阵扑鼻的芳香，使人十分清爽而惬意。陈列琳琅满目商品的各色商店，一家紧挨一家。灯光下，看到一群群人从商店中出出进进。建在街旁的一个个机关院里，也是绿树成荫，鲜花遍院。我不由得在心中发出感慨：这里，城

水府晚霞

建立在园林里，园林建在城里呀！难怪这座城被全国绿化委员会评为全国绿化城市。

这么美妙的市容，这么优雅的环境，于我，是一种多么大的诱惑！我动了心，要在故乡这座城，置两间小房，得闲的时候，回到这里住住，呼吸呼吸故乡清新的空气，光顾光顾故乡的土菜馆，品一品、赏一赏故乡的明月。

游子们都知道，乡情市容可以醉人，故乡明月也可以醉人啊！

原载于2007年9月22日《人民日报》

外婆路

在一次会议上，我与省武警总队司令员并排而坐。休息时，与他闲聊：“听说你也是涟源人？”

“嗯。”

“涟源哪里？”

“乌鸡坝。”

我心一沉，一时无语。

“小地方，不熟吧？”他侧脸望着我。

“熟。小时候，经常从那里过呀！”我良多感慨，“我外婆家是青烟廖家。”

“呵，我们和青烟只隔了一条河。那是你的外婆路啰。”廖司令点燃一支烟，长长地吐出了一口烟雾，他似乎也陷入了沉思。

多少多少沉甸甸、暖乎乎的回忆，就像涟水河乌鸡坝上的水，直往面前涌……

1944年5月16日，一个名叫曹家坳的小山村里，多了一个哭的和笑的我。我是父母的第一个孩子。老大，也许能给一个家庭带去欣慰，带去欢乐。然而，老大，却也要对这个家庭承担更多的责任。我四五岁时，就跟母亲上山打柴，下地扯猪草。接着，跟母亲去外婆家，去这个那个亲戚家。七八岁时，我就俨然成了一个家庭的代表，独自一人去十里外的姑母家去给姑母贺生。外婆家比姑母家远，有三十里地，

外婆路上尽是景

我不敢一人走，总是作为母亲的一条“尾巴”，跟在母亲的屁股后面跑。三十里路，对于一个七八岁的孩子来说，不算近呀！然而，外婆家柚子树上的柚子，外婆家屋后边小店里的辣椒糖、南瓜糖，以及那一张张亲切而温暖的笑脸，给我无穷无尽的诱惑，给我许多许多的力量，我两条小腿总是劲鼓鼓地朝前迈……到十一岁时，我就代表父母、代表一个家庭，独自走这条外婆路了。

从家里出来，过了石岭尖、益寿亭、花桥，便来到了温江。这是一条泉水河。冬天，河水暖乎乎，河面上荡起一团团热气。夏天，河水凉飕飕，洗上一个冷水澡，使你透身舒服。一座石拱桥，跨河而立，桥头一对大石狮子给你一种威严感。听大人们说，离石桥不远的一座秀美的石山上，有两眼大泉，叫东潭和西潭，河中一半的水，是从这两眼大泉中流出来的。由于泉水的注入，使这河水变得终日清澈见底，

两轮圆月拱温江古桥

冬暖夏凉。人们给了这条小河一个恰如其分的名字——温江。有一年，我偷偷跑去看那东潭和西潭，只见一个石洞口哗哗地流出一股水来，带来阵阵凉飕飕的冷气，泉水出洞后，就流出了一条不小的河。这是西潭。而东潭，则是从地中喷泻而出，像是一锅巨大的、煮沸的水。站在这堤岸上，我的两条腿不住地抖动。生怕这个巨怪，突然把我吸了进去。这里，真的阴森可怕。为了赶走自己心头的恐惧，我匆匆离开了这里。

我只在这里逗留了短短的一瞬间，而温江却长久地留在我的心头，使我的记忆越来越变得沉甸甸，愈来愈感到亲切。当我坐在舒适的游

新车桥是“文物”了

艇上，观赏漓江风光的时候。她——温江，就来到了我的面前，似乎要和这条名扬天下的美丽的江，比一个上下。在我的心里，常常是她夺魁。近年来，张家界出名了。我是最早闯进这里的游客之一。这里的奇、峻、秀，常常使我惊叹。而有时，我却又爱拿张家界与我只去过一次的养育出了东潭、西潭的那座石山来比，我觉得张家界某一个局部，还不如我那条外婆路上的那座普通的小山呢！这样，那江、那潭、那山，理所当然地占领了我的作品。我在写作中篇小说《月亮溪》的时候，东潭变成了作品中的太阳潭、太阳溪，西潭就变成了作品中的月亮潭、月亮溪。两溪汇成一河，就变成了温江。我在写作散文《江

云雾中的东温井和西温井

水清清》的时候，几乎让温江原封不动地流进我的作品里来了……

过了温江，就是乌鸡坝了。乌鸡，又称黑鸡婆，还称药鸡，很有营养价值——乡亲们都这么说，我没有考究——我想，这个傍着涟水河的小村庄，养育出司令员这个大人物，这不奇怪。

那是一个多么秀美的村庄呵！那村后的山秀，那村前的水美。那河上的木排，那河边的沙滩，那漫坝而过的清澈澈的河水……至今想起来，我心头都温温地热！

啊，外婆路，一条故乡风光的路啊！

原载于2023年6月2日《娄底日报》

故乡的桥

老汉今年八十岁。年岁一大，记忆力就越来越差了。眼前发生的事，一转过身就忘了。而小时候的事，却越来越清晰。近日，故乡一座古桥复修竣工，友人发来请柬，要我回去看看。猛然间，这触动了我儿时有关桥的记忆……

这座桥，是我来到这个世界上最早看到的桥。它是我去外婆家的必经之地。几岁的时候，常常跟着母亲走在这条“外婆路”上。从有记忆时起，我第一次看到它，觉得它是一栋房屋。只见这座盖着黑黑瓦片的屋子，立在一条小河上。真奇怪，于是扭转头去问母亲：“这栋屋子怎么起在河面上呀？”“蠢宝，这是一座桥，一座屋桥。落雨天，可给过路的人避雨。热天里，可给赶路的人歇脚，桥立在河面上，风大，凉快。就像建在河面上的亭子。”从此我朦朦胧胧地知道了，世间还有这样的桥，兼供路人过河与歇脚，有桥与亭的功能。长大了，走南闯北，见识广了，知道这是风雨桥，也叫屋桥、花桥。叫它屋桥，顾名思义，它上面盖了瓦，像房屋。叫它花桥，是因为这种桥的廊柱、屋檐上一般都画有花（画）——我们那一带把画画叫作画花。这种桥，体现了我们祖先的生活智慧，也是一种文化标志。

我故乡建这座桥的地方，就叫作花桥。是不是因为建了这座花桥，因桥名地，把桥名变为地名了呢？不得而知。但这里大一点的地名，叫作洞冲。两座山脉之间，形成一个长长的峡谷。洞冲就在这个峡谷里，所以有十里洞冲之说。又因为居住在这里的人，大多数都姓谭，所以又叫洞冲谭家。尽管我老家的村子，早已属涟源市的另一个镇了，但到外面，我还是按老的讲法，对外人说，我是湖南涟源洞冲谭家的。

十来岁的时候，我到过离家二十里地的桥头河。在我儿时的见识里，那是一个大地方，好多好多的房子挤在一条河边。后来我才晓得那里叫镇。那次在桥头河镇上，见到了一座石孔桥。桥垱头有一个老爷爷煮了一大锅南粉（红薯粉）在卖，两分钱一小碗。妈妈给我买了一碗，味道鲜美极了。这大概是用肉汤或骨头汤煮的。这份记忆，几十年了，还暖暖地留在我的心头。想到这里，一首小时候常唱的儿歌，又涌了出来："白米饭，肉汤淘，呷十二碗还肚漕（不饱）……"多么温馨的儿时记忆啊！

到了13岁，我去县城蓝田读初中。蓝田的涟水河上，也有一座石孔桥，叫蓝溪桥。桥垱头有一家面馆，特别有名。做出的面，特别好

在花桥复建竣工典礼上，谭谈激动地伸出拇指为故乡点赞（刘再丽/摄）

洞冲花桥建成庆典的热闹场面（刘锦康/摄）

吃。可是当时家里穷，兜里没有钱。记得当时的肉丝臊子面，每碗一毛八分钱。最便宜的光头面，也要一毛钱一碗。自己真想去尝尝，于是邀了一名同学，每人出五分钱，合买了一碗光头面，一人分一半。那味道，至今还留在心里……

桥头河的桥、粉，蓝田的桥、面，那份美好的记忆，伴随我终生！

这是故乡的味道啊！

这一天，是2024年元旦，一个好日子。天气真好啊！暖阳高照，惠风和畅。天气虽是隆冬，却暖意融融。前两天看天气预报，还说有

蓝田古镇蓝溪桥

今日桥头河镇的利涉桥

小雨，降温近十摄氏度。心里真为乡亲们捏了一把汗。也许是天公作美，开恩送给修复当地风物、保护地方文化的这一方山民一个大太阳，送来一个好天气。

修复的花桥，屹立在河面上，威武挺拔！披红挂绿，一桥喜气。河岸两边，一个个彩球，拖着一幅幅巨型喜庆标语，从空中落下。彩幅标语悬挂的两边山坡，立着一栋栋的崭新的农舍。每一栋都亮丽、别致，造型也都有特色。如果在城里，那就是别墅了。这是乡村振兴战略带来的乡村新气象啊！而此时此刻，那些住在新屋里的人，都往桥边、河边走来了。放眼看去，河乐了，山乐了，田园乐了，人乐了。

整个山村，十里洞冲，沉浸在一片欢乐的海洋中……

竣工庆典的会场，就设在刚刚复修竣工的新桥一侧的河岸。此时，桥边、河边、村街边，人潮涌动。十里洞冲沸腾起来了……

这是十里洞冲的节日。

相会在这里的人群，无论是男人还是女人，也不管是老人还是孩童，闪动在阳光下的，都是笑脸！不少人都拿着手机在拍照，在摄像。时代发展到今天，中国十四亿多人口，除了幼小的孩子外，几乎都是摄影家。我看到，一个七旬老妪，也举起手机，在熟练地摄像，拍短视频。虽然脸上布满了皱纹，但她的每一条皱纹里，几乎都溢满了从内心沁出的甜蜜的笑容……

主持人邀我上台讲几句。我面对着这座四百八十多年前修建、如今复修并威武地立在自己面前的花桥，面对一片欢乐的乡亲父老，动情地说："这座桥，是四百八十多年前我们的祖宗建起的，是我们十里洞冲的文化标志、历史记忆，是老祖宗留给我们的财富。如果在我们这一代人手里损坏消失了，那是一件上对不起祖宗、下不好向子孙交代的事情。如今，通过广大乡亲父老的努力，它又屹立在这里了。你们做了一件上对得起祖宗、下对得起子孙的好事。我特意从省城赶回来，为你们喝彩，为你们叫好，为你们鼓掌，为你们点赞！"

故乡的桥，一头连着祖先，一头连着子孙。

故乡的桥，骄傲的桥，幸福的桥！

原载于2024年1月22日《人民日报》

过年萝卜

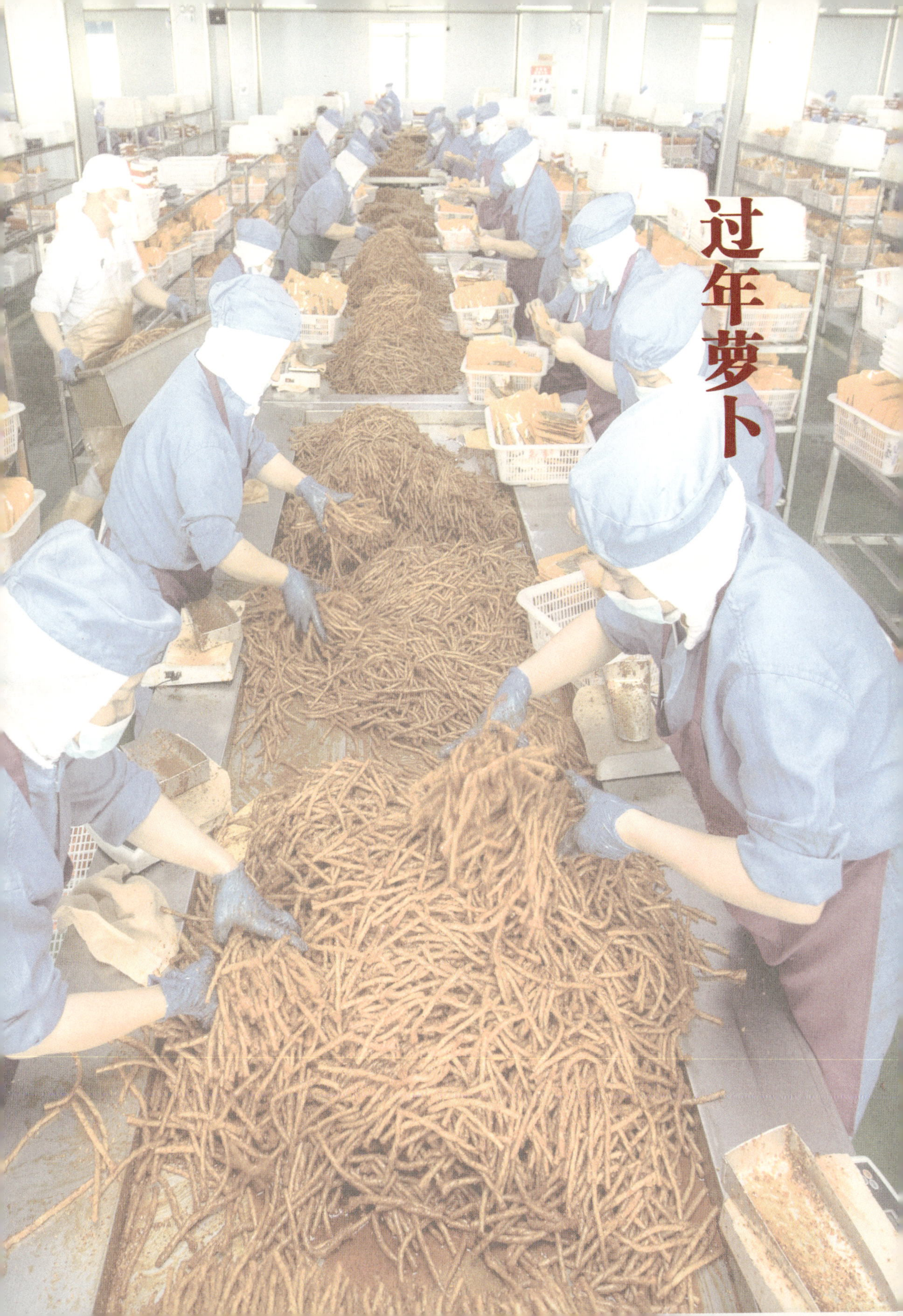

时光的脚步匆匆前行，春节离我们越来越近了。

在乡间，在人们的生活口语里，春节被称作“过年”。从农历旧年跨进农历新年。这是我们这个民族、我们这块土地上最隆重的节日。

每当这时候，年少时在故乡过年的情景就会涌上心头。年岁越大，儿时的记忆就越清晰。

我的故乡，在湘中那块土地，那个山村。每到过年的时候，家家户户，杀过年猪，打过年豆腐，担过年萝卜。担萝卜与杀猪、打豆腐并列。可见过年萝卜的分量。

担过年萝卜？外人一定觉得奇怪，你家不是在农村吗？难道自家的地里没有萝卜，还要到外面去担萝卜？

不错，我们要到桥头河去担萝卜。

桥头河是故乡一座著名的古镇。那里出产的萝卜，特大特甜。味道特鲜美。我们乡间，流传着这样的话：（煮）桥头河的萝卜不用（放）油，筷子夹起两头流。

团年饭的餐桌上，除了鸡、鱼、肉外，还有一样是桥头河萝卜。要么是萝卜丝拌红薯粉和干豆角，做成合菜，要么是猪骨头炖大块的萝卜。如果是拇指粗的萝卜条拌鱼一起煮，那叫鱼腥萝卜。鱼腥萝卜，是我的最爱。

大年三十，用大铁锅煮一锅这样的萝卜，能一直吃到元宵节。每

远近闻名的蔬菜小镇桥头河城边的雕塑和标语

萝卜丰收了，老两口手拿萝卜“展示”

蔬菜小镇里的规模化菜园地

次吃的时候，把铁锅提到炭火上，重煮一次，锅里的萝卜越煮越红，越煮越绵。到后来，萝卜像红烧肉一样，红彤放亮，煞是好吃。

我一直在想，同样是萝卜，为什么在桥头河地里长出来的萝卜，味道就不一样，就是胜其他地方长出来的萝卜一筹？曾经，有人从桥头河购买萝卜种子，拿到自家的地里去种。但长出来的萝卜，味道总是差一点，比不过桥头河地里长出来的萝卜。这是为何？好久好久，我不得其解。

前些年我到茅台酒厂采访。厂方的朋友给我讲了一个有意思的故事。他说，他们厂地处一个狭小的河谷，极大地影响了他们的发展。20世纪70年代，他们在遵义市郊一个开阔的地方购得一块地，建了新厂，准备大干一场。但是，他们用同样的原料，同样的工艺，同样的配方，同样的师傅，而酿出来的酒，味道就是差一筹。他们想过好多办法，甚至还从原厂拉去酿酒的水，还是不行。后来才渐渐明白，酒，受制于微生物大环境。是茅台酒厂独有的微生物大环境，再加上他们特有工艺、配方……才成就了茅台酒。水可以搬运，但构成微生物大环境的空气、土壤（硕大的地窖），不能搬运啊！

这个故事，是不是为桥头河萝卜为什么只有种在桥头河的土里，才有那个味道，做了生动的注释呢？

萝卜，是上天赐给桥头河那一方人们的口福。什么时候，这种上天所赐的口福，能为更多的人享受呢？

这些年来，桥头河镇认准自己独有的生产优质蔬菜（这里的辣椒、白菜、茄子也特好）的天然优势，顺势而上，狠抓蔬菜生产，打造成了远近闻名的蔬菜小镇。桥头河萝卜、桥头河辣椒，从此远销四方，饮誉四方……小镇里也走出了一位胆识过人、智慧超众的女子，名叫邬文明，创办了一个能使萝卜远走、可让辣椒起飞的蔬菜加工工厂——邬辣妈食品加工公司，安排了八百多名老乡进厂就业，平均月收入达5000多元。

那天，我与几位在省城工作的老乡，在长沙涟源商会的组织下，走进了这家故乡的能让蔬菜起飞的工厂，也见到了这位人称“邬辣妈”的美女老板。

“邬辣妈”的厂子，建在古镇旁边，紧靠着公路。十来幢高大敞亮的厂房，连成一片，组成一座蔬菜加工小城。就是这座蔬菜小城，每年让故乡的这些平日不起眼的山货、土菜，华丽变身为高档的方便小吃，飞向大江南北，长城内外，换成一沓沓钞票，回到故乡。就是这个“邬辣妈”，每年产值达五亿多元，发给农民工工资5000多万元。

原本，她是在外地办厂创业的。每年，从老家带几百名老乡到她的厂里去打工。而到她厂里去打工的，多是上有公婆要管、下有崽女要带的三四十岁的中青年妇女。有一年，春节过后，她开车回来接老乡回厂上班。只见一个个孩子，拉着妈妈的手，舍不得让妈妈上车。一个个老人，看着儿媳、女儿远走，脸色都很沉重。此时此刻，娘也罢，崽也罢，老人也罢，一个个都眼泪汪汪。那个场面，使邬文明下了决心，把厂子办到家门口来。这样，好让她们下班后回家照看老人、孩子……

说干就干。第二年，邬文明就回到桥头河办厂来了。

十年创业，十年辛劳。如今，桥头河蔬菜小镇和“邬辣妈”产品，已称雄于三湘大地！

…………

蔬菜小镇里的女能人——邬文明回乡办起了蔬菜加工厂，“邬辣妈”品牌享誉四方

人生八十岁，走南闯北一辈子。许多生活方式入乡随俗，都改了。唯有两样东西十分顽固，无论你身份如何显赫，也不管你离乡多么久远，它们就紧紧粘在你身上，改不掉：这就是口音和口味。口音，可谓乡音未改鬓毛衰。口味，可谓妈妈的味道、故乡的味道。这种口味，是故乡、是妈妈留给你的生命印记，将伴随你终生！

过去，离开故乡，远走他乡，妈妈的味道，只能在心里回味。如今，有了“邬辣妈”，故乡的味道，妈妈的味道，可以随身带着走。我在洱海边野餐时，就吃着“邬辣妈”品牌的桥头河辣萝卜、白马湖小鱼崽……

桥头河萝卜啊，故乡的味道，妈妈的味道，我的生命印记！

原载于2024年1月29日《中国艺术报》

白马湖边新书屋

离开湄江风景区，我们一行便来到了涟源的另一个风景点：白马湖。

二十多年前，全国四千多位作家联手，在离湖边不远的贫困山村——田心坪村，建了一个作家爱心书屋。当时，这是一件轰动全国文艺界的事。不少享誉全球的文坛大家，在捐书的同时，还给山乡青年寄语赠言，鼓励他们发奋学习，立志成才。于是，我们将这些名家的题词寄语，雕刻成碑，在湖边建了一个“爱心碑廊”……

我们中的绝大多数人，是这里的常客。因为碑廊对面，有一个省文联的文艺家创作之家。21世纪初那些年，省文联每年都要在这里办培训班，组织文艺家到这个山区深入生活。这里，可是火红过一段时期。

去年，白马水库管理处负责人颜贵阳女士找到我，说他们为了加强企业文化建设，丰富职工文化生活，准备建一个职工图书室，要我帮他们策划一下，给予支持，并给他们图书室题个词，写一个名字。对这件事，我义不容辞，当场便高兴地应允了。我从省文联筹集一批图书，赠予这个职工图书室，又为这个图书室题写了一个名字：恋水书屋。接着贵阳女士提出：有一些文学名家写过白马湖的诗文，可否推荐给她？他们要复制安放在职工书屋，增强职工的自豪感。

今年8月，娄底旅游发展大会准备把中心会场定在涟源湄江风景区。涟源市的领导，要我喊几个文艺界的名家，到涟源来采风。写点短文，向社会推荐涟源的山水风光。于是，中国书法家协会副主席、湖南省文联原主席、著名书法家鄢福初，历经二十年热播不衰的电视连续剧《乌龙山剿匪记》的作者、著名作家水运宪，去年以散文集《大湖消息》获得鲁迅文学奖的湖南省作家协会副主席沈念，湖南省散文学会会长、著名散文家梁瑞郴，从领导岗位退下后，以扎实的文学修养而华丽转身为诗人、作家的梁尔源、石光明等湖南文坛名流来了。梁尔源以他出色的创作成就当选为中国诗歌学会副会长，出道虽晚，成就不俗，被业界称为“梁尔源现象”。更有远道来的著名诗人、中国诗

作家采风到书屋，为书屋留下新墨宝。他们都写了些什么呢

道德教育基地

爱心碑廊成为涟源市爱国主义教育基地

歌学会副会长阿古拉泰。

白马湖绚丽多彩的风光，使第一次来到此地的蒙古族诗人阿古拉泰大为惊叹！梁尔源便陪阿古拉泰登上一艘快艇，游湖去了。我们几位，则走进了湖边水库管理处办公楼中的职工图书室——恋水书屋。书架上陈列着一排排精美的图书，房中间摆放着阅读台和桌椅。一面墙上，设计精巧地展示出四位名家创作的称颂白马湖的散文和诗歌。阅读环境温馨而优雅。

趁去观赏湖面风光的两位诗家还没有回来，应水库管理处的邀请，水运宪、梁瑞郴挥笔在宣纸上为这个刚刚落成的职工图书室，留下了他们漂亮的书法作品，表达了他们对美丽的白马湖的赞颂，也为这个湖边书屋增光添彩。他们两个，一个从工厂，一个从矿山，闯进文坛。心中都有一份工矿的情结，身上都有一种工人的本色。此刻，他们把这种情结和本色，倾注在笔端，书写在纸上了。

恋水书屋，水库职工的精神驿站。从创意到建成，时间很短，可见水库管理处领导的重视。他们关心职工物质生活的改善，更关心职工文化生活的提升。他们是聪明而暖心的领导者！

让我们为白马湖边这个新书屋喝彩！

原载于2023年5月31日《湖南工人报》

守护好一方山水、一方文化

一方山水养一方人。

一方山水养一方文化。

我们这一片山地上，耸立着两座山。东南这一座叫洪界山，西北这一座，名花山岭。两山之间，有一段十数里长的峡谷，散落着一个个自然村落。这里的先人们，耕耘着这片土地，繁衍了一代代子孙，也创造了这一方的文化。岭上的老君殿、湘安亭，山下的屋桥、益寿亭，依岭而建的谭氏宗祠以及一座座高耸云天的宝塔……这一个个民间文化的亮丽标志，是先人们留给子孙后代的宝贵财富。它们或寄托着我们的祖先美好的愿望，或承载着一个个家族的血脉传承，或弘扬着人间真善美的优良传统美德……它光耀着这一片土地，也护佑着这片土地上生生不息的子孙！

这片土地，这些文化，使这不大的一片地域人才辈出！有为共和国开国领袖授课的教师，有为国守一方疆土的军队将领，有活跃于文坛、学府的作家、学者……这山，这岭，这河，这水，人杰地灵！

今天，耸立在山下、溪旁的这座宝塔，始建于1887年。它名叫七宝塔。原塔为砖石结构，六角六方，宽2.5米，高18米。1972年，遭到破坏，使这一片山水间，失去了一道美丽的民间风景。转眼四十八年过去，2020年，这一带的子民，深为没有守护好祖宗留下的这份精神遗产而悔恨。于是动议，复修七宝塔，把先人留下的这份厚重的财

戏曲表演，观众如织，热情高涨

故土上的又一座宝塔

富完好地交给后人。这一动议，得到了这一方山水间的子民热烈响应，纷纷捐资捐物……在主修者谭建都、谭润四、谭晓阳的带领下，筹资过百万元，历时达半年，一座六角六方七层、宽5.03米，高28.83米的新塔便耸立在大家面前。这道美丽的乡间风景，终于又亮丽于此！

原载于2021年第1期《文坛艺苑》

带着故乡走四方

我们的小院在苍山下。

四年前，这里是村里一个废弃的农家院落。主人建了新居，这个老院子就空置了。我们租过来，进行整修。就在整修工程将要完成的时候，女婿向我提出：“就差一点文化装饰了，这任务就交给你了。”

人们常说，文化是一个国家、一个地域的软实力。那么，是不是也是一个居住小院的软实力呢？或者说，是一个院落居住者的脸面呢？

为此，我动开了脑筋。首先，要给小院取一个名字。院名和人名一样，是一个符号。这名字，要叫起来好听，记起来好记，写起来容易，想起来要有意义、有韵味。想来想去，我决定将故乡带过来，与新驻地融为一体。于是便将小院定名“云湖居”。云，即云南，湖，即湖南。常听人说，一个人出了省，同一个省的人就是故乡人。一个人出了国，同一个国的人就是同胞。院名定下以后，我又想了两句话：避暑热躲冬寒温馨小院，观苍山赏洱海淡泊人生，并用木板雕刻出来，挂在院门两侧。

取了院名，刻了院门两侧的对联，那么，院落正房大厅的两个木柱子上，应该有一副重量级的对联挂上，为小院增色。于是，我请同乡好友，中国书法家协会副主席、著名书法家鄢福初援手，根据大理苍山洱海的地理环境作一副对联，他欣然应允，并很快就寄来了。这

夜幕降落大理云湖居

就是现在悬挂在院落正厅柱子上的对联：苍山松涛贯耳六根澄澈，洱海闲云荡胸此心悠然。然后，我在厅堂的一面墙上，布置了一个书架，陈列在书架上的书，全是从故乡带来的湖南人写的书和写湖南人的书。题名：恋湘书吧。

我的卧室，是自己每天活动的时间最长的地方，我写了一幅字，挂在墙上，时刻提醒自己：人走天涯，心系故土，并在一旁书有一行小字：不要忘记自己从哪里来。厅堂外面，摆了一张从旧货市场淘来的农家木桌，用于自己心血来潮时写写毛笔字的。于是这面墙上，我也写了一幅字挂上：彩云之南，湘人新家。

小院整修完后不久，就是2020年春节了。全家人都来到了这个小

彩云之南，湘人新居

院。我取出从故乡带来的大红宣纸，在恋湘书吧两侧，写了一副对联：朝品湘茶晚饮湘酒家的味道，背靠苍山面对洱海滇地风光。横批：外乡亦故乡。接着，又在餐厅的门柱上，写了这样一副对联：湖南云南都是华夏大地，白族汉族同为炎黄子孙。横批：白汉一家亲。然后，又写了几个福字，分别张贴在几个玻璃门上。这样一布置，整个小院就喜气洋洋，有浓浓的年味了。

更有意思的是，我把从故乡带来的三只鸡，分别以故乡的三个名镇命名：蓝田、杨家滩、桥头河。并用纸写上，粘贴在三只鸡的身上。

大理白族村寨里的湘人云湖居

当时我都拍了照片，但现在手机里只存有一张了。

人的故乡情结，是从孩童时代思念母亲时开始的。谁做小孩子的时候，离得开母亲，离得开家？记得自己上初中时，就要离开家到学校寄宿。因为中学都在离家几十里远的县城里。每到星期六，就心慌了。最后一节课一下课，就打起飞脚往家跑……长大以后，走南闯北，父母双亲，也相继离世，自己成了父亲，成了爷爷。这时候，故乡就是母亲！我在好多篇作品中都写到，无论自己走得多远，飞得多高，总觉得有一根线一直牵着自己。这根线，就是故乡！每当看到城里有这样那样的老干部活动中心，我心里就想，老家那些面朝黄土背朝天的老农、自己童年的伙伴，劳累了一辈子，晚年时，也应该有一个休闲、健身、娱乐、阅读的场所啊！于是，三年前，自己卖掉了城里的一套住房，又借用社会力量，耗资数百万元，在养育我的山村里，建起了一个老农活动中心。这个中心里有供老农们健身的晚晴广场，有供老农们阅读的晚晴书屋，还有一口池塘，我们将其改建为晚晴诗湖。在池塘四周的护栏上，用麻石雕刻了二十四首歌颂故乡风景名胜和历史人物的诗歌……在落成仪式上，我动情地说：父母住在什么地方，家就在什么地方。祖宗埋在什么地方，根就在什么地方。我父母生前一直住在这里，死了也埋在这里。我的先祖们也都埋在这里。这里就是我的家，这里就是我的根！

有一年，我们躲到海南去过冬，住在一个老人旅居中心，并交付了两个月的费用。但离两个月期限还有一个星期的时候，我就买机票回故乡了。别人说，钱都交了，何不住够再回？我说，想家了。其实，当时“家”都和我一起到海南来了。就是想故乡那块土地了。为了排解心中的思乡之情，我还写了一篇短文《故土难离》。

退休以后，人生有了更多的自由。我常和老伴儿旅行在外，游走四方。无论自己走到哪里，故乡一直在自己心里。

我带着对故乡的思念走四方。

选自2024年深圳出版社出版的

《江山壮丽人民豪迈——谭谈美篇短文选》一书

年轻的城

——湘中新城冷水江掠影之一

人来了，又去了；车去了，又来了。我在这车去人来的大桥上徘徊，似乎要在这里寻觅什么。

我要在这里寻觅什么呢？

是要在这浩荡的大江里面，寻找山的倒影，城的倒影？是要在这江镇的石板街上，寻找人的脚印，镇的脚印？

我茫然。

对面，依着河湾，傍着山脚，排列着一幢一幢低矮的房屋。残破的墙壁，墨黑的瓦片，很有些年头了。模样儿像一个个行将就木的佝偻着身子的老人。街面上的石板，被人踩踏得光滑滑的，不少地方磨蚀了，凹下去一个个凼凼。上面，不知承受过多少历史的风雨，不知留下了多少山民的脚印。

大桥下面，一远一近排列着两个码头，记载着这个小镇的历史。远处的那个，衰老得厉害了，石级上的许多石块残缺了，像一个掉了牙齿的老太太，可是，它却曾红火过一些日子哩！当年，公路没有进山，铁路没有进山。金竹山出产的煤炭，全从这里装船外运。装七八十吨煤炭的大毛板船，一只只讨好地向它靠拢！这个小镇的名声，随着这些毛板船的远航，传到了益阳、长沙、汉口……近处的这个，样子颇魁梧。这是公路进山后修的轮渡码头。它也有火红的一页历史。这座大桥还没有出世之前，那巨大的轮渡，来来回回地亲它、吻它。

麻溪河入资江——冷水江的两河口

那各种各样的汽车，不管是外国产的、中国产的，都要规规矩矩地向它列队致意。如今，它却窝囊地蜷缩到了女人们的脚下。镇子上的小媳妇、大嫂子们，在这里肆无忌惮地摆洗男人们的衣服，摆洗孩子们的尿布……

唯有大桥下游岸边，却威武耸立着一片年轻的红砖楼房，有两三层的，有四五层的。式样别致、新颖，阳台上摆满了花花草草，一派"现代化"的时髦样子。

镇子后面，那不算高的山上，近几年辟了一个橘园。三月春风，使橘园里那深绿的橘树枝头上，冒出了鲜活鲜活的嫩芽。一片片新叶，载着蓬勃的希望，在艳阳里出生了。一片片老叶，带着生命的绿色，在春风里飘落。它让位于后来者，让后来者在秋日的金风中结出蜜果。啊，春天里飘落的绿叶，你有着多么博大的胸怀！

弯弯江水卷动着。它把小镇搂到了自己的怀抱。从这大江的怀抱

魅力四射的湘中新城

2014年的冷水江锑都中路

里看去，小镇，一半古老，一半年轻；一半显出勃勃生机，一半呈现垂垂暮色。小镇啊，你到底是古老，还是年轻？

生命，在这里延伸；历史，在这里延伸……

这是沙塘湾。

颇为娇气的上海牌轿车，在这条粗糙的公路上开动了。

我们去寻访一个更为古老的村镇。

那是麻溪。

孩提时候，从父辈们的口中，曾听到过这个名字。为了生计，他们曾到这里担脚，把从益阳运来的谷子、宝庆运来的小麦，挑到蓝田街上的面粉厂、大米厂来；把附近的铁厂、煤矿、造纸厂生产出的生

2014年冬夜的冷水江滨江公园

铁、煤炭、纸张担到那里下河外运，送到益阳、长沙、汉口。抗日战争以前，这里曾是我们这一带山乡人的骄傲啊！伢妹子们不听话，大人们唬他们时，也少不了把它搬出来："再哭，再哭就把你丢到麻溪大河里去！"麻溪，就是这样沉甸甸地进入了我幼小的心灵。它是那样神秘，又是那样令人向往！它到底是什么样？我常常遐想。

到了。小车开过一座新修的石拱桥，在桥头边停下了。这是一个双江口。一条小河，从这里汇入麻溪大河（资江）。沿着小河的南岸，坐落着一些修建年代久远的房屋。那屋前的一根根木头廊柱、木板铺面，棕黑棕黑的，开着一条条不规则的裂缝，犹如一部史书，记载着这个双江口曾经称雄一时的历史。据说，当年，这两条江面上，摆满了木排和毛板船，组成了一座水上城。河里一发大水，毛板船和大木

麻溪河上的风雨桥

排便从这里起航，去闯滩，去击浪。船工和排工们粗犷的号子声，满江震荡，那气势是何等威武、雄壮！

我们站到了一座古老的石拱桥上。桥虽小，却很别致。它，曾被艺术家们选中，把它请进了电影《枫树湾》的镜头里。小桥边上，长着一棵古树，上面，爬满了能结出球形果实的青藤，我们山里人，称那果实为凉粉坨坨。盛夏，这种果实成熟了。摘下来，取其浆液，掺上上好的井水，打成凉粉，煞是清凉爽口。如今想来，口内顿生津液……

陪我此行的老张，生在这里，长在这里。对这里的历史，了如指掌。他领着我走在这条窄长的沿河小街上，给我讲述每一幢房屋的历史，当年这是什么“庄”，那是什么“铺”、什么“店”。如今，全成了民房，住上了人。偶尔碰见一家铺子，门前摆有一张屠桌，上面放

《枫树湾》镜头里的古树——民居前的装饰

着一扇猪肉，或者几块豆腐、一把红烛、一束香什么的。河面上也空荡荡了。只有几只小木船，在清清冷冷地捞着河沙。

啊，显赫一时的麻溪，彻底地衰老了，沉沦了。

麻溪，翘首眺望你的后来者沙塘湾，眺望那个“暴发户”冷水江，你觉得悲伤吗？你感到嫉妒吗？啊，不要悲伤，不要嫉妒。历史上，你不也有过火红的一页吗？没有你，哪有年轻的沙塘湾？哪有那座崛起的新城冷水江？你，为这座新城铺就了一块奠基石。

历史，将记着你的功绩！

黄昏，我漫步在宽广的新街上。

这里，城是年轻的，街是年轻的，房屋是年轻的，街上行走的人，也多是年轻的。这里，是一个年轻的世界！

一股记忆的潮水，冲刷着我的心。我想在这座年轻的城里，寻找当年最雄伟的建筑——冷水江大饭店。1961年，我从这里穿上军装，去闯荡世界。当时，饭店刚建，全“城”（还谈不上是“城”）瞩目。进门处的地板，如镜面般光滑，人称水磨石地板。“地板，放脚板的地方，也这么讲究吗？”当时，我傻乎乎地想。

穿过这条大街，又穿过那条大街，每一幢醒目一点的楼房，我都认真地观察了。走遍了全市所有的街道，察看了全市每一幢雄伟的建筑，我失望了。

2015年的冷水江城东新区

冷水江大饭店，那幢魁梧的大楼，你哪里去了呢？你难道在这座新城里消失了？

失望中，我突然发现，自己的对面，一幢低矮的房子上，悬挂着“冷水江大饭店”的招牌。这里是吗？不，不像。它不会这么矮小，不会这么衰老！我跑了过去，认真地考究了一番，看了看当年的水磨石地板。这才信了：是它，真是它啊！它被一片更新、更高、更气派的大厦淹没了。

这时，我突然想起自己十岁时，去居住在蓝田街上的姨妈家里。第一次来到蓝田，我蒙了，蓝田街上真大啊！夜里，我竟在街上迷路了，害得姨妈好一阵寻找。我再也不敢到街上去乱跑了。后来，我当兵了，到了汕头、广州。那年回来探亲，在蓝田下车，我又蒙了。蓝田，怎么变得这样的小了呢？

是历史将县城缩小了，还是世界把我的眼光扩大了？

我真糊涂了！

1961年，冷水江有几幢房屋？四层楼的大饭店，就称雄于全市了。现今，六层、七层的大厦，在这里也不显眼了。很快，一座高达十二层的锑都大厦，就将耸立在这座当年的大饭店对面。那时，“徒有虚名”的大饭店啊，你将更加相形见绌。

历史，能使一个地方沉沦，也能使一个地方崛起。在麻溪、沙塘湾红火的年代里，当年的冷水江还默默无闻。如今，这里成为全省锑、煤、生铁、电力、化工、耐火材料的重要生产基地，一座拥有二十八万人口，工业总产值达五亿元的工业新城，崛起在这片土地上。“小妹妹”把“大姐姐”“二姐姐”统管起来了。

入夜，我来到资江中的那块长满绿树的沙洲上。这里，是新城未来的水上公园。对面，是当年的冷水江留下的几间低矮的铺子。很快，这些铺子就将从这里消失，一条现代化的沿江大道，将出现在这里。它将像上海的外滩、广州的海珠广场一样，成为新城年轻人迷恋的地方。

夜色，包容了整个新城。灯火，却把新城装扮得更加绚丽多姿，更加辉煌灿烂。江水，哗哗舒卷，一盏盏新城的灯火，跳跃在它的波浪间。啊，古老的江流，你是历史的录像带。千百年来，你录下了山的倒影、城的倒影。你录下了沉沦的村镇、崛起的新城……

崛起，沉沦；沉沦，崛起。这不就是我们的历史吗？

年轻，古老；古老，年轻。这不就是我们的世界吗？

啊，世界，你将永远属于年轻！

原载于1986年5月5日《人民日报·海外版》

太阳城

——湘中新城冷水江掠影之二

一座年轻的城，牢牢实实地靠着这座山；一条浩荡的江，亲亲密密地搂着这座山。我刚到这座城市来的时候，这里的老居民就告诉我："这座山，叫红日岭。"

"唔，'文化大革命'中改的名字。"我很快作出了判断。

"不，老名了，这座山从有了名字的时候，怕就叫这个名。"

"是吗？"

我陷入了沉思。

春天的一个清晨，我去登这座山。这座古老的山，近年被辟为年轻的公园了。新城的男女老少都爱它，一早一晚，总有人到这里来游玩。开初，它没有引发我的兴致。站在山脚看它，它既不高又不奇，又有什么看头？我来到这座城里好久好久了，一直没有去攀登过。

山上有新栽的常青树，还有大片的橘林。春风，染绿了遍地的草，吹开了满山的花。最耀目的，是那一树树粉红粉红的桃花和洁白洁白的梨花，在霞光的辉映下，满山亮灿灿的，使你感奋不已。和这耀目的桃花、梨花相比，尚未开苞的橘花，躲在浓绿的厚实的叶子里，就像一个乡里妹子见到生人一样，躲躲闪闪，羞羞答答。可是，就是这些不显眼的白片片，却捧出了秋日的蜜果，给人们带来生活的甜蜜……那惹眼的桃花、梨花招人爱，那芳香的野花招人爱，这不惹眼的橘花呢？我不知道别人爱不爱它，我是爱它的。没准它正代表着这朴实、厚道的新城人哩！

这里没有叮咚歌唱的山溪，那干涸的山涧上却新修了两座石拱桥。式样别致、精巧。看得出，修桥人的技术是高超的，艺术眼光是独特的。然而，我总觉得，和那朴朴实实的橘树上的小白花苞苞比起来，它却多几分做作，多几分斧凿之痕。

上山的路，铺了一色的青石。路面的宽窄，石级的高矮，整齐划一，规规矩矩。路旁栽了些花草。不时有叫不出名的花在你面前探出头来，招惹你的眼睛。我心里突然跳出一句人们常说的话来：三分长相，七分打扮。人，是这样。山，原本也是这样！这两年，这山经园林工人一修饰，模样富丽堂皇多了。然而，在大山中长大的我，总觉得她多了几分园林气，少了几分山野味。

爬山是要体力的。登到山顶时，我已大汗淋漓。然而，出了这身老汗，却使人感到轻身爽体多了。山顶上正在修一个楼阁，刚刚铺上

今日锡矿山

基石，说是总共有五六层高，说是模样挺特别哩！自然，它现在不仅没有什么名气，甚至连名字还没有呢！可是，那大名赫赫的岳阳楼、黄鹤楼，不也是从铺基石开始的吗？新城的人们是很爱它的，寄厚望于它的。图纸刚刚出来，有关部门就在为它征集名字了。这是件流芳千古的事，很有诱惑力，使我这个三等文人，也禁不住跃跃欲试，终因勇气不足，我放弃了这个狂妄的想法。好在我们的国度这么大，圣手书生，奇才怪杰，大有人在。总有一天，一个惊山动水的美妙的名字，会在某位大才子的笔下应运而生的。

我在这个尚于“襁褓”中的楼阁前站了站，然后转过身来。蓦地，我的身子为之一震，眼睛也特别亮堂了。目光所及，是那样的开阔，好像自己一把抱住了“半壁江山”。

一座连绵起伏的远山，卧在天际。它上顶一片红天，下含一湾碧水。红云间突地跃出一个金球。那金球如同一个生鸡蛋黄，在颤颤地左右荡动着。渐渐地，这蛋黄像是被红云煮熟了，变得硬朗了。接着，它一跃二跃，跃出约莫三尺高了。这时，红云化淡了，碧水却染红了。

这湾从远山钻出的碧水，就是滋润着湘中大地的资江。它像一条天女抛下的彩色绸带，情真真、意切切地向我面前飘来，终于蜿蜒到了我站立着的这座山脚下。我立身的这座山，俨然一个剽悍的小伙子，想一把抓住这条天女觅情的彩带。然而，也许是美丽的天女也摆不脱嫌贫爱富的旧习，也许是当年的小伙子确实太贫穷了，反正，他没有抓住这条天女抛来的情带。它在这里拐一个大弯，绕着小伙子的脚跟飘了飘，留下一个叫大湾里的名字，便悻悻地远去寻觅理想的情侣了。

天女的神眼，是不是也有失误的时候？她没有想到，到了20世纪

80年代，竟有如此之多的财富铺展在这山脚下，当年的穷小伙，变得这般的富有了！那个全省最大的火力发电厂，那个远近闻名的金竹山煤矿，那个名震三湘的铁焦总厂，那座称雄世界的锑都，那个全省三大化肥基地之一的资江氮肥厂，以及碱厂、耐火材料厂、电动工具厂、平板玻璃厂……一一依偎在这个河湾里。高高矮矮数千幢楼房，耸立在这山脚下。每年，这里奉献给国家六亿元的财富。偌大一座城市，全属于当年的穷小伙！

我想，当年，这里的先祖们，是不是预见到了，多少年后，这山脚下，将有一座崭新的城市，像红日一样喷薄而出呢？他们是不是测算到了，多少年以后，会有这么多的工厂、矿山，像彩霞一样，铺满这方天地呢？不然，先祖们为什么要给这座山冠以“红日岭”这个光天耀地的名字呢！

也许，这样的解释，不全准确，或者全不准确。那么，什么才是准确的解释呢？

我决心去寻觅，到这块古老的土地上去寻觅……

从此东去十多公里，就是那座远近闻名的煤矿。它有一个秀美的名字：金竹山。粗一看，这个名字和煤矿似乎太不贴切了。“金”者，富贵、高雅也；“煤”呢？何等下贱！细一思索，觉得这名取得太恰当不过了。黄金，财富的象征，光明的象征！煤炭，不是被人们称为工业的食粮，推崇为“乌金”吗？煤矿，不是被人们赞美为发光发热的土地，称誉为太阳的故乡吗？

那天，我是随电视台的记者们一道去的。他们是到那里去拍一部

我的矿工兄弟

下井

支护

采煤工作面

（组照，2015年，分别摄于金竹山矿业塘冲、一平峒煤矿）

赞美矿工的电视专题片。我是那里养育大的，是该回“娘家”去看看那里的前辈、同辈、晚辈的矿工朋友了。

这正是上下班的时候。我来到井口，只见一队队矿工，带着一身煤尘、满头汗渍从井下上来。刚刚过去的这个夜晚，他们不是在舒适的床铺上度过的，不是在温存的妻子身边度过的，而是在呼呼的电煤钻声中，在滚滚的煤流中度过的，是流淌着热汗度过的！

矿车，又载着新的一批矿工到井下去了。一张张英俊的脸庞，在我的面前掠过。一盏盏明亮的矿灯，流向了那个黑黑的、地深处的世界。这时，太阳正从山巅出来。他们和太阳打了一下照面，就分别了。当他们从地层深处走出来的时候，太阳又已经滑下了山坡。就是他们，这些普普通通的矿工，成年累月劳动在矿井里，没有享受阳光的那份温暖，却用自己的双手，从数百米深的地层深处，取出煤炭，供给人们以阳光外的温暖……

我认识他，1958年进矿，三十个春秋寒暑，一万多个日日夜夜，他没有缺过勤、误过班。三十个春节，他都是在矿井里、在掌子面上度过的！

我也认识她，一位普普通通的苗家女。28岁的时候，正是一个女人最招男人爱，也最爱男人的时候，她的男人却为取这些发光发热的煤块而倒下了。

按规定，她丈夫因公死亡，她和她四个年幼的孩子全由国家包下。可是，她不愿趴下来等吃，决心挺起腰来干活。她只有一个要求：“给我一份工作吧！”她工作了，当上了食堂炊事员。她挑着油条油饼下矿井，将热饭热菜送到井下工人手中。她当上了劳动模范，那张端庄、秀丽的照片，印到了《全国煤矿英雄谱》上……

我还认识他，一个地属小矿的党委书记。50岁，正是人生的壮年啊！然而，他却患了绝症——癌。他不是以悲哀的眼泪来与人生告别，而是如同一位疆场上的勇士，以昂扬的战斗雄姿，带领工程技术人员，攻克采煤领域的一道道难关：到滔滔的资江河道下采煤夺宝。他终于胜利了。他是在看到从资江河道下采出的一车车煤炭运出井口的时候，含笑闭上那双眼睛的。

他死了，他留下的那盏矿灯却一直亮着。他留下的那份精神财富使这个地属小矿在不断地进取着。最近，这个矿又被授予为全省文明建设先进单位……

又何止是“他、她、他”啊！这块土地上大大小小数十家或省属，或地属，或市属，或乡镇煤矿里，成千上万名或全民，或集体，或本身还是吃“农民粮”的矿工，哪一个人的身上又不能见到“他、她、他”的影子，“他、她、他”的精神呢？

这些采煤人，不就如同他们采出的煤块一样，看上去黑不溜秋，并不显眼，然而，一旦将它们投入炉膛，就会喷出腾腾烈焰！它在烈火中毁灭了自己，却给人类以光、以热！

朋友，你是不是有过如此的思索：是什么给火车以动力，使祖国的大动脉日夜畅通无阻？是什么给高炉以热能，熔化矿石，引来铁水奔流？又是什么烧热你家中的火炉，供给你阳光以外的温暖？是煤！是这些黑不溜秋的煤块！

这块古老的土地下，埋着多少亿吨煤！每年，这座新城里的那些煤块般朴实的矿工，献给国家300多万吨黑色的“金子”。渐渐，渐

通过环境治理，锡矿山的矿渣山已经变成了供人们休闲的绿色公园

渐，这里名声大噪了，成了我国南方一座闻名的煤城！

啊，这红日岭的脚下，不是果真有一个太阳吗？

这是黑色的太阳，地下的太阳。

我沿着火车、汽车奔去的方向，去寻觅煤的踪迹。

终于，我来到了这里。据说，早先，这是古刹之地，善男信女朝圣的地方。如今，一座化工之城，崛起在这秀美的山脚下。厂长老高，兴致勃勃地领我参观他的工厂。这位20世纪60年代名牌大学毕业的高才生，在城刚建的时候，在厂刚建的时候，就带着家人，从南京迁到这里。父亲和岳父，都在国外。前些年，年迈的父亲，要他这个唯一的亲生儿子去继承遗产。应该说，金钱对人是有诱惑力的。我们老高，

金竹山电厂好威风

也是一个有血、有肉、有欲望的人啊！然而，通过一番认真的思索，这块古老的土地，这个新兴的工厂，终于把他挽留住了。他和他的工人一道，在这里创业，在这里发光发热。

一条巨大的皮带，在我的面前转动。向上，向上，不停地向上。上面，流动着一条黑色的“河”。啊，矿工们从地心深处取出的煤炭，汇集到了这里，流向了造气炉，流向了……将要走出厂区的时候，我又看到了向上、向上、不停地向上的宽大的皮带。上面奔涌着一条白色的河！这是尿素，粮食的“粮食”，农家的宝贝！

运输皮带的这种“向上、向上，不停地向上”的精神，注入了厂长的身上，注入了工人的身上，也注入了厂子的身上。1980年，厂子一举甩掉了过去十年留下的年年亏损的帽子，首次有了利润。接着，一年一个台阶。到1986年，全厂向国家上缴利税达500多万元。

一辆辆的汽车开来了，又开去了；一列列的火车进厂了，又出厂了。一车车黑色的“金子”变成了白色的“元宝”。它奔向祖国各地，去染绿山头、原野，去肥沃农民兄弟的土地……这不也是太阳吗？这是绿色的太阳，农民的太阳！

黄昏，当你漫步在街头，暮色越来越浓，眼看整个城市就要坠入无边无际的黑暗里，霎时长长的大街的路灯亮了，高高矮矮的大楼的窗户亮了，大大小小的商店亮了。整个城市，变得通体透明了……

入夜，你来到桌前，想翻开书本，从中去汲取知识的养料。可是，黑暗却遮挡了你的目光。这时，你伸手轻轻按下那台灯的开关，一片光明，霎时铺洒在你面前，照亮书本，照亮你……

也许，吃罢晚饭，你和家人，坐到了电视机前，想从电视节目中获取生活的欢乐，借以洗去一天工作的疲劳。你一按电视机的开关，一片光明，一片欢笑，就立即来到了你的面前……

朋友，此时此刻，你是不是想过，这些光明，是从什么地方来到你的身边的呢？

这里！这红日岭下，这座年轻的城里！

1987年，春节。

多少情侣，在彩灯下翩翩起舞！多少家庭，合家坐在电视机前，或听李双江唱歌，或看陈爱莲跳舞，或欣赏马季、姜昆的相声……然而，你可知道，就在这时候，这资江河边，这红日岭下，那家威名赫赫的电厂里，有这样一些家庭，有这样一些情侣，在这样地度过这万家团聚的传统佳节。

人到中年，却又成了学生。这做了父亲的学生，生活中又有着多少悲苦，多少欢乐？他临近40岁，进了武汉某学院读书。终于又过了半年，熬到了学校放寒假，回家来与妻儿团聚。可是，眼下正是枯水季节，自己的厂子，担负着全省40%的供电量。为了让全省人民过一个欢乐的年，过一个光明的年，全厂上下正在总动员。他能袖手旁观吗？年三十的夜晚，他告别妻儿，来到了煤场，登上了推煤机。这位燃运科的副科长，老推煤机手，就这样送别这个除夕……

煤，千吨万吨，落进这个炉子里，不见了。化作了一股无形的泉，光明的泉，沿着那几条细细的电线，翻山越岭流进了大的、小的工厂，流进了远的、近的城市，流进了这个、那个家庭，流进了人们的生活！每年，这两千多双勤劳的手，为厂子挣来一亿多元的产值，担负着全省八十亿元工业产值的供电任务。投产十八年来，人们用这里送去的光明的泉，创造了近千亿元的社会效益！

电厂，不也是一个太阳吗？这是无形的太阳，夜晚的太阳！

啊，这个年轻的城市，不同样是一个太阳？

是的，冷水江——太阳城！

原载于1987年11月15日《工人日报》

地下城

——湘中新城冷水江掠影之三

“这座城，一半在地上，一半在地下。地上这座城年轻，地下这座城却很古老哩！”

“是吗？”

我不信。常常想，这里的地下，真的有一座城吗？那么，地下的那座城，又是一座什么样的城呢？

那一天，我们上路了。汽车，驶出城区，拐上了城的西北角那条一个“之”字又一个“之”字的盘山公路。车上坐的，有新华社的记者，有工人出版社的编辑。他们都说是到这座新城里来采访我的。比起这座城来，比起“她、她们”来，我又算老几呢！那只不过是浩瀚的大海与小小的一滴水的关系罢了。我请他们统统上车，说：“我们一起去采访她吧。”

“谁？”

“这城之母。”

“城之母？”

“对，90岁高龄的长者——不，还有长命百岁的寿星呢。是‘她，她们’，孕育了这座新城。”

这些见多识广的新闻记者，此刻竟一个个茫然相望，沉默了。

我慢慢地说起来，说的是一个远古时代流传下来的传说。那是我刚到这里来的时候，市委书记老袁对我说的。他是本地人。也许这个传说是他阿公的阿公传给他的阿公，他爹爹的爹爹传给他的爹爹，然后，再由他爹爹传给他的。当然，他还会往下传，传给他儿子的儿子，孙子的孙子。相传很早很早以前，一位老神仙从四川峨眉山，牵着一头蛮大的犀牛到了云南。老神仙对犀牛说："你全身都是宝，我把你带到一个好地方去享福。"犀牛说："老神仙，你要带我到哪里去？"老神仙说："云南不可留，再远走数千里吧。"他们走呀走，走到了湖南。老神仙说："湖南好是好，就是太穷了。此地不可留，远走……"老神仙的话还没说完，犀牛说："我就喜欢穷地方，只要能为人间造福，就是千刀万剐我也心甘情愿！"说完，犀牛四蹄一蹬，挣断绳索，直奔湘中。老神仙慌了手脚，连忙边追边喊："站住，快站住！"犀牛见老神仙穷追不舍，突然腾空而跃，直奔资江河畔的冷水江。老神仙见势不妙，举起神鞭，猛地向犀牛抽去。犀牛从万丈高空坠落，牛头砸在长龙界，牛身落在飞水岩，牛尾掉在冷水江。老神仙长叹一声，惋惜地说："犀牛呀犀牛，你违背天庭旨意，我只好成全你！"说完，拂袖而

一条上山的路，连接矿山与城区

世界锑都里的老矿遗址

去。于是，这一带的地底下，就埋下了许多的宝贝……

“哈哈，你这是说的世界锑都锡矿山吧！”

“是，又不全是。”

“为什么？”

“这牛肚子里，不光只有锑，还有铅、煤、铁、大理石……”

“那你说的是全市的矿山！”

终于被人言中了，我只好连连点头。

“那为什么说它是90岁高龄的长者，长命百岁的寿星呢？”

“到今年，锡矿山开采九十年了；而金竹山煤矿，已开采了一百二十多年。”

一车车"乌金"从这里出来

"那又为什么说'她、她们'是城之母？"

"是因为有了'她们'，才有这座城市。不过今天，我们只去采访举世闻名的锑都——锡矿山。"

老犀牛善良的愿望，没有顺利地实现。九十年前，锡矿山一开采，帝国主义的魔爪就伸了过来。犀牛肚子里的珍宝，没有被穷苦人民得到，而被他们掠夺去了。几十年来，他们留下来的，只是一首悲愤的歌："养女莫嫁挖矿郎，口吐烟子无下场，卖了田地卖房屋，嫁了老婆做道场。"

1949年，天上的太阳终于照到了矿工们的身上。矿山回到了人民的怀抱。新中国成立三十八年来，锡矿山为国家、为民族创造7.52亿美元的外汇。国家用它，可以兴建20座相当于锡矿山规模的大型矿山。

我们来到了高高的井架下，随着上班的矿工一道，挤进了小小的罐笼。突然，身子往上一提，罐笼向地心落去。很快，我们来到了数百米深的地层深处。出现在

波月洞的地下美景

我们面前的，是一个多么新奇的世界！宽广的运输大巷，齐崭崭地亮着一排日光灯，伸向远处。铜铃声中，矿车来往穿梭。啊，这多么像华灯初上的一条长街！

我们搭上矿车，向更深远的地海里探去。在一个几条巷道相交的地方，我们下了车，由向导引着，走进了其中的一条巷道。渐渐地，前方传来“突突突”的轰响声。声音越来越大，仿佛走进了雷的故乡。

挡头，几台风钻，震动着钢铁的身躯，钻头“突突”地在岩石中旋转。打钻的几位矿工，说不准他们的年龄，看不清他们的面容，只看到，一滴滴汗水，从他们的头上、手上滚落下来，染湿了一块块矿石。此时，我的心中，猛地浮起一个念头：中间这位看似年长一点的师傅，是不是他——副矿长张才合？他的阿公，在这个古老的矿井里，耗去了全部的生命；他的父亲，在这“突突”的风钻声中，送走了自己的青年和壮年！啊，世世代代为这座矿山、为祖国的采矿业贡献着生命和青春的，在这七千多名矿工中，又何止这位副矿长一家！要不，那一定是他？那对兄弟中的哥哥。兄弟俩一道进矿。哥哥分在井下当风钻工，弟弟留在机关，工作在那栋雄伟的大楼里。几年过去，弟弟

在这里拍过《西游记》的“三打白骨精”

收获了爱情的蜜果，有了美貌的妻子，有了可爱的儿子。而28岁的哥哥，却一次又一次受到了姑娘们的冷落。是哥哥人品差？工作不好？高大帅气的小伙子，年年先进生产者！爱神啊，你对我们这些把热汗洒在地底下的矿工，是多么的不公正！也许，这些风钻手中间，有“风钻迷”戴信祥。入矿二十年，他把炽热的爱奉献给了矿山。1971年以来，他年年月月超额完成生产任务，连续十多年被评为安全生产积极分子、先进生产者。去年，他带领他的小组，完成采矿任务2.8万吨，跻身采矿战线先进的行列……不，不，也许不止这几位，不止这位副矿长，不止风钻手“哥哥”，也不止戴信祥，他们是七千多名矿工。这时，我突然发现，偌大一个采矿场，遍地银光闪闪！这每一块岩石，都如同黄金般贵重！我与同来的记者、编辑，全都被这珍宝的地海惊呆了。这些宝石，就是面前这些普普通通的矿工开采出来的！

这地心深处，井巷交错。每一条巷道里，闪动着矿工们劳碌的身影，奔驰着满载矿石的矿车。“啊！”我的心中，突地飞溅开一丛火花，想起了自己刚来这座城市的时候，小城的人们对我说的话来：“这座城，一半在地上，一半在地下。”此刻，我不是亲眼看到了这座地下城吗？这成千上万条巷道，组成了一座多么雄伟、壮观的地下之城！有人不无根据地这样告诉我：九十年来，这里开掘出来的巷道，连接起来，少说也能从冷水江到达汉口。世界上，能寻到这样的长街吗？

然而，这座世界锑都，还仅仅是这座雄伟的地下城的一方角落。在这块古老的土地下，除锑以外，还蕴藏着丰富的煤、铁、钨、铜、铅……如果把这些锑矿、煤矿、铁矿的井下巷道连接起来，千倍、万倍、十万倍长于地面这座新城的街道！近年，城郊又发现了一个奇丽、秀美的地下溶洞——波月洞。如果说，矿山的井巷，是地下城的街道，那么这里，就是地下城的公园、地下城的宫殿。大大小小几十个洞，组成一个景色奇特的洞的天下、洞的世界！艺术家选中这里，作为西天取经路上的妖怪们的家，也作为除妖的孙大圣大显身手之地。电视连续剧《西游记》中的好几场戏，就是在这里拍摄的。全市的职工中，有一半是矿山工人，有四分之一则是劳作在地下城的井下工人！全市的工业总产值，有三分之一直接来自这座地下城！占全市工业总产值38.9%的金竹山电厂和资江氮肥厂，是因为这里盛产煤，而坑口电厂和氮肥厂都是以煤为主要原料的。如果说，地上这座城里，飘满了工人们美满生活的笑声，那么，地下这座城里，则洒满了工人们辛勤劳动的汗水。

啊，默默无闻的地下城，你像你的儿女——朴实无华的矿工一样，用自己宽广的胸怀，用自己伟大的品德，用自己无私的奉献精神，筑起了这座年轻的城市！

矿山，新城之母！

原载于1988年1月5日《湖南日报》

白果岭

我刚到这座小城的时候，别人就告诉我："到那里去看看吧。那是一个神奇的地方。"

"哪里？"

"白果岭。"

我牢牢地记住了这个名字，但由于种种原因，一直没有成行。最近，我终于去了。小车把我送到这个山岭时，恰逢大雾漫山，一切都隐在雾里，山上什么也看不见。"这里的神奇，一定全埋在这白茸茸的雾团里了。"我想。

忽而听到铃响。"丁零，丁零"，清脆悦耳。这声音在雾团中走动，使人觉得神秘而迷离。"这是什么声音呢？"我问白果岭电视差转台的同志。他们是这山顶上仅有的几位居民。

"牛铃声。"

"牛铃？"

"嗯。山上常有雾。如果不挂上铃子，牛就是在你的面前吃草，你也看不到。牛脖子上挂一个铃子，牛一吃草，一走动，铃子就响，主人就容易在这茫茫雾海里寻到它了。早几天，有两头牛没有挂铃子，在雾中走失了。第二天，雾散以后，主人才在十多里以外的山头上找到它们……"

我点点头，似乎明白了这铃声的用处。这时，"丁零，丁零"，雾

白果岭下的周头水库

海深处，又传来牛铃声。一串接一串，一串又别于一串。有悠长的，有悦耳的；有柔和的，有激越的。那悠长的，来自远处；那悦耳的，就在近边；那柔和的，大概是母牛；那激越的，准是公牛……

我睁大着眼睛，往雾团中探寻。雾薄些了，我看到一团一团的淡青色的影子，隐隐约约地在雾气里蠕动。那自然是在雾中觅草的牛了。“丁零，丁零”的铃声一串一串地传来。不时，在这一串串铃声中夹杂着脆脆的、爽爽的、天真无邪的孩子的笑声。啊，那是牧童的快乐的心声。

这时，我的心蓦的一动，觉得刚才从电视差转台的同志那里询问到的只不过是这铃声的用处，而此时此刻，我感受到的是这铃声难以言喻的妙处……

午饭以后，雾渐渐地淡了。我栖身的这个山头和前面不远的那个山头，终于从神秘的雾团中显露了出来。

山，像一个大馒头，静静地卧在那里。山上，虽然有一些形状离奇的石头，但毕竟太小了。除此，只有到处可见的小草，间或能看到一两朵叫不上名来的不太显眼的小白花。不见幽深的森林，不见潺潺的山泉，不见喷吐芳香的鲜艳花朵……这里的神奇，在哪里呢？

白果岭上新能源村

一组乡村图画

我失望了。

我怅然若失地在山头上站了一会儿，返身走进屋里，伏到案前写自己上山前想好的那篇文章去了。

下午五时许，我伏在案前写累了，便起身到这房顶的平台上去活动身子。一登上房顶平台，举目远眺，我的心为之一震，接着整个身子都兴奋得麻酥酥的了。

这时，雾散尽了，天空呈现出一张迷人的笑脸。站在这里放眼望

故乡大地处处是景

去，顿觉世界是如此之开阔，顿觉山河是如此之壮美。看，前面那大大小小的山头，那远远近近的水库、河流，全缩成一群小不点的模型，落在我的眼前。六十里外的冷水江市区，抬眼可见。那绕城而过的资江江面上，一束束水光波影就仿佛闪动在自己的面前。天空间的白云像草原上的马群在跃动着，给山河、原野投下一团团阴影。我举目朝东望去，只见远远的一座小城正好沐浴在一片阳光里，而四周是白云投下的阴影，就这样，整座小城被烘托得灿烂耀目。城区里的一个个建筑物清晰可数。电视差转台的同志告诉我，那里是我的家乡——涟源县蓝田镇，距离这里怕有六七十里……

近处，哨声一片，一座六十六米高的铁塔正在拔地而起。铁塔安装好后，将播出五套电视节目、五套调频广播，不仅能覆盖冷水江市和周围的几个县，而且还可以往湘西传送电视节目……前景，是多么迷人！

我的心海激荡起来，猛地感到脚下这个馒头状的普普通通的山头在升华。它变得是那样神奇、那样壮美！

然而，我又想，若没有那远远近近的成百上千小不点模型样的山头依附着它，簇拥着它，推崇着它，它——白果岭，会显得如此壮美和神奇吗？

原载于1986年10月15日《湖南日报》

金竹山米酒

又回了一趟矿里。

那片黑土地养育我，养育我的创作。我是永远也忘不了那块土地的。每年总要回去七八次。每次，一踏上这块土地，我的心就温温地热。我很快融进了一片亲切的身影之中。一阵阵豪爽的笑声之后，一个个老朋友的新故事，一位位新相识的老故事，如故乡的山泉水，汩汩地流入我的心田……

到了开饭时间，我来到了招待所的餐厅。一张餐桌上，摆着四菜一汤。有刚上市的新鲜蔬菜，也有很下饭的辣椒菜，实实在在。省财政厅下矿搞财务检查的同志在此就餐。另一张桌上，放着四小碟菜，一碗汤。那是我的。不一会儿，矿务局的财务处长老王来了，背来了一个军用水壶，对坐到了餐桌前的省里来搞财务检查的同志说："来一杯。这是我们金竹山的米酒。我自己刚从矿里买来的。"

处长这番邀请，这份盛情，使他们中的几位来了兴致，终于接过了一杯酒。霎时，一阵好醇的酒香在餐厅里荡开来，醉入了我的心头。然而，于我，"这是我们金竹山的米酒！"这情意浓烈的话语，比这酒更醉人，更暖心。

也许是那豪放的性格需要酒养育，也许是那周身的风湿需要酒驱散，矿工们多数爱喝几杯酒。不知从何年何月起，金竹山煤矿的矿工食堂里开始用米烤（酿）酒。矿工们买了饭，买了菜，来到另一个窗

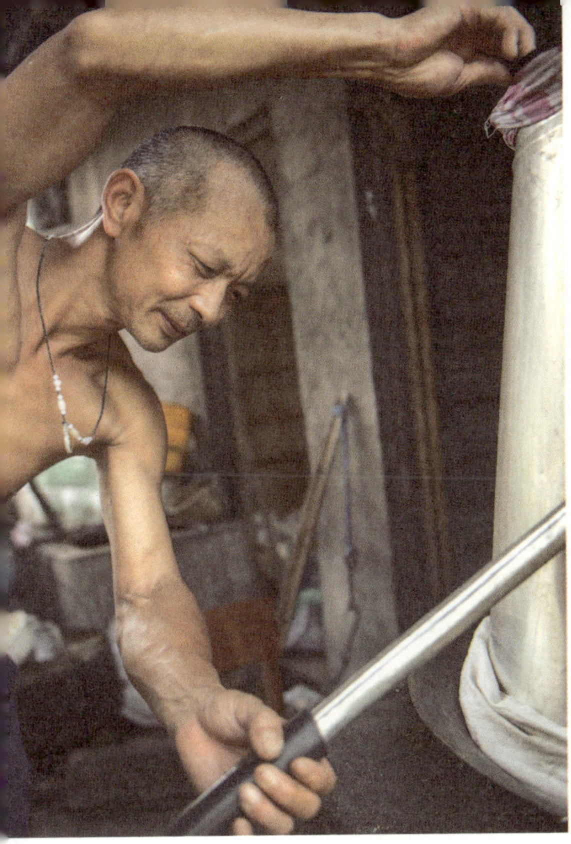

又一锅新酒出锅了，矿工们开怀畅饮

口，掏出三两饭票，就能换到三两米酒。或坐到桌前，或蹲到地上，美滋滋地喝起来。也不知从何年何月起，金竹山米酒，在这块黑土地上享有盛名了。来了贵客，他们也不脸红地拿出这米酒来招待。顿时，我觉得这酒，特别香，特别……怎么说呢？我真说不确切。让聪明的读者们去意会吧！

晚餐时候得知，原来这里的原局长兼党委书记老刘，已调任省煤炭工业厅任新职，明天离局赴任。他在这片黑土地上工作了二十多个春秋，担任了十四年的局领导。如今要走了，同事们、下属们坚持要为他饯行。他执意不肯。最后，老许说："我们每人凑十元钱，按矿里的搞法，打一个平伙。"他总算接受了。矿务局十位就餐的同志，每人交了十元钱，我和他，就吃"搭餐"，没有交钱。餐桌上，大家从煤矿

2024年11月13日，一批老矿工回到“娘家”，又喝到了金竹山米酒

发展的战略方针，到如何爱护干部、如何改善外部环境，等等，交谈得很是热烈。有时，他们爽声地笑；有时，他们悄声地谈；有时，他们开怀饮一口这矿山酿造的酒……我滴酒不沾，被人戏称为“模范丈夫”。然而，此时此刻，此情此景，我虽然未喝一口酒，但醉了。真的，醉了。

那是被那豪爽的笑声弄醉的，那是被那悄悄的话儿弄醉的，那是被老朋友的新故事、新相识的老故事弄醉的……这些，这些，化作了好醇好醇的金竹山的米酒，流入我的心田，酿造着我新的小说、新的散文、新的……创作！

我忘不了金竹山米酒，忘不了涟邵煤田那片黑色的土地！

原载于1987年12月10日《光明日报》

神灵

在那座远近闻名的氮肥厂待了五天，所见所闻，令人激动。真想拿起笔来，为他们写一点什么，却又苦于不知从哪里下笔好。正苦恼中，热心的办公室主任来到我面前，说："走，爬大嵊山去。"

曾领略过五岳的秀色，欣赏过黄山的奇景，这座厂区附近的无名山，能给我什么诱惑？然而，我不忍心冷落这位热情的办公室主任，于是便跟着他上路了。

正是春天，山里各色各样的野花开了，眼前一片灿烂。山涧飞瀑，溪水幽蓝，新竹吐翠，无处不透给你一种大自然的美。山道上，游人

如织。我细心观察，他们中多是农家妇女。大到六七十岁的老太太，小到豆蔻年华的年轻女子。突然，身后一串笑声传来，一对年轻的乡姑从我们后面追上来了。两人模样挺相像，大概是一对姐妹。

“妹子，跑这么快，去哪儿？”

“山顶的古寺。”姐姐怯怯地回答。

“到古寺做什么？”

“咯咯咯……”

她俩甩落一串笑声，燕子般轻盈地跃到我们的前面去了。

我们终于登到了山顶。果然，一座古寺，立于绝壁之上。这座古寺，衰败了，而正堂中的大菩萨，却新近贴上了一层金，灿灿耀目，看去慈爱、和善，给人一种信赖感。香火很旺，一批批香客来了，又走了。他们都希望神灵保佑自家六畜兴旺、五谷丰登……

大嵊山上看厂区

当年的资江氮肥厂好红火

“神灵，你真能保佑这对农家姐妹幸福吗？”

我望着这对姐妹远去的身影，在心里默默地发问。

太阳升高了。大地一片灿烂。我走出古寺，放眼远眺，眼前倏地生辉。只见紧靠着这座山脚，依着那条浩荡的资江，一片雄伟的建筑铺展开来。这是一座什么城，这般的气派？啊！这不就是自己刚刚采访过的湖南省三大化肥基地之一的资江氮肥厂吗？刚才苦于不知如何表达的那些资氮人的故事，此刻却像那资江的水，哗哗地流出来了……

二十年前，这个荒凉的山脚下，一下子沸腾开了。一队队建设大军，一批批技术人员，从北国化工城，从南方大都市，汇集到这里了。

资江氮肥厂即景

五年之后，一座化工城奇迹般地在这里屹立起来了。大批的白色“元宝”，撒到了农民兄弟的土地上。十五年来，数百万吨化肥从这里运出去，使三湘大地增产多少亿公斤粮食？我们没有去细算这个账。

就在厂子红红火火的时候，就在他们的产品像银行的钞票需要用武装押运的时候，这个三千多人工厂的决策者们，头脑没有发热，而是冷静地思考着：如何使厂子不断地注入新鲜血液，增加厂子的青春活力？如何给农民兄弟提供更新、更高效益的产品，用实际行动支农、兴农，去强化这个国民经济的基础？

决策者的脑子转动起来了，全厂职工的脑子也转动起来了。很快，全厂统一了认识，决心一业为主，多种经营；以肥为主，多种经营。

不久，一个消毒剂分厂办起来了，一种主要技术指标达到世界最佳畜禽消毒剂英国“农福”的“菌毒敌”生产出来了。产品很快畅销全国26个省市。接着，供销经营承包集团的同志们，了解到东北和华北某地有几种产品很受农民欢迎，立即赶到那些地方进行认真的可行性调查，调查中得知这是中国农科院土壤肥料研究所和厦门大学、北京农业大学的科研成果。他们连忙向厂领导汇报，得到了厂领导的支持。他们和有关领导同志先后五上北京、东北，终于把多收灵、DY—肥精、40%乐氰乳油农药三种新产品的技术引来了。

新产品给企业注入了新血液，给社会带来了新效益。经营副厂长和我说起这本经，不无自豪地说：“经多家科研和农技单位的可靠试验，农作物施用多收灵和DY—肥精后，每亩增产14%左右。我们只以增产10%算，湖南6300万亩土地，如有50%施用多收灵或DY—肥精，那么，全省一年可增产8亿—10亿公斤粮食，多创6亿元的经济效益！”

从大嵊山下来，回到厂区，只见厂部前面，响起了鞭炮声。一打听，是邻县一个橘园给厂里送感谢信来了，感谢厂里生产的乐氰乳油农药镇住了虫害、保住了满园刚刚结青果的蜜橘。听着欢快的鞭炮声，我眼前突然映出那古寺里一批批前来求神灵保佑的农家妇女，心头不禁飞溅开一丛火花。善良的农家女啊，你们真正的神灵不在山上的寺庙里，而在这山下的工厂里哇！不是吗？他们生产的产品，能保佑农家六畜兴旺，五谷丰登！

原载于1992年3月21日《经济日报》

冷水江，我的文学富矿

到今年，我在人生旅途跋涉了七十多年，而与文学结伴，也长达五十多载了。在我五十多载的文学生涯中，冷水江，是我的文学富矿。

我17岁的时候，在金竹山煤矿修电机车道。当时，粮食定量，吃不饱饭。而十六七岁，正是要吃饱饭长身体的时候啊！这年7月，部队到矿里征兵。我听说部队里能吃饱饭，于是积极报名。政审、体检过后，部队来接新兵的一位青年军官要我回家看看父母，征求征求父母的意见。我担心回家告知父母，母亲不同意而坏事，于是我猛然想到征兵标语中的一句话，昂头对接新兵的军官说："不用了！一人当兵，全家光荣！我爸爸妈妈一定会支持的！"

两天后，我把自己的行李收拾后交矿武装部，接过矿里给我发的三个月的工资（当时我每月二十四元，共七十二元），就来到刚刚建立才一年多的冷水江市。一百多名新兵被安置在一所学校里。那时候，心里最大的想法，就是吃一顿饱饭。我带着矿里发给我的七十多元钱，走进了资江河边的一家面馆。我一连吃了四大碗面。7月，一年最炎热的季节，面又烫，吃得满身大汗。不知不觉，我将衬衣脱下，放在一旁的凳子上，光着膀子吃面。吃饱了，心里好舒服，于是来到铺子下面的河里，痛痛快快洗起冷水澡来。

在河里玩了一阵水，走上岸来，发现自己的衬衣不见了，丢在面馆里了。矿里发给我的三个月工资，除了面钱，都放在衬衣口袋里了呀！我赶忙来到面馆，才下午四点多钟，面馆就关门了。那时，面馆卖多少碗面，是有定量的。早早卖完就早早关门了。好不容易敲开门，一位胖胖的服务员说：“没有见到什么衬衣。”我一下傻眼了，呆呆地立在那里……

这时，我身上只有一条短裤了。行李都交给了矿武装部，请他们帮我寄回家。而这时，天近黄昏，从冷水江去金竹山矿，有三十里路。正在自己不知如何是好的时候，新兵连的哨子响了，一个同伴赶来喊我：“发新军装了！快排队去领军装。”

就这样，我光着膀子，穿着一条短裤，站到了领军装的队伍里，引来不少人异样的目光……

我就这样告别冷水江这座年轻的城市，开启了自己人生的远航！

转眼七年过去。

1968年4月，我从部队复员了。这时，冷水江又回到了她的母体——新化，变成新化县下面的一个镇了。复员转关系的手续，是到新化县退伍办办理。在退伍办理好回金竹山煤矿的手续后，我来到资

一湾碧水绕村过

冷水江城区一角

江河边，搭乘去沙塘湾的机帆船。

船在河面上逆流而上，很慢。嗒嗒嗒的机器轰鸣声，牵动着我的思绪。七年的部队生活，让我闯入了一片美妙的天地，迷上了文学。是连队小小的阅览室，打开了我的眼界。到部队的第二年，1962年3月，我就在驻地的《汕头日报》发表了一篇小故事《克勤克俭的小王》，写的是一个从武汉市入伍的城市兵，利用节假日，为连队大生产捡拾牛粪的故事。我在阅览室里看的书多了，朦朦胧胧地知道什么叫小说，什么叫散文了。一天，我鼓起勇气，提笔写小说了。写什么呢？我猛地想起自己参军时丢了衬衣，穿一条短裤排队领军装的狼狈样子，于是决定写自己参军。标题就叫《参军》。整整花了一个月的业余时间，写下了四十多页稿纸的所谓小说。我把它投寄到了《解放军文艺》。诚然，它没有也不可能被采用。但这一个我文学生涯的“第一次”，却深深印在我心的最深处，终生难忘。

我是从这座城开始我人生的远航，也是从这座城开始我文学的生涯……

1980年9月，我已在湖南日报文艺部做副刊编辑一年了。这时，娄底地区在新化举办一个业余作者改稿班，邀请报社副刊部派一位编辑到班上看稿、选稿。部领导考虑到我当时的家还在涟邵矿务局没有搬，便通知我提前回家几天，处理一下家里的事，然后去新化改稿班看稿、选稿。

这时，恰巧有一部中篇小说的构思，在心里酝酿好久了，真想找点时间开笔，这下机会来了。

触动我写这部小说的，是一个辛酸的故事。那年，我刚从部队复员到金竹山煤矿，矿里出了一个大事故，牺牲了十一个人，其中有一位湘西凤凰的苗家汉子。矿工因公牺牲，矿里是可以派车送回老家安葬的。当矿领导征求他妻子的意见时，她却平静地说："他是为矿山建设牺牲的，他生前爱这个矿，死后就让他留在矿上吧，我们母子守着他。再说，送回老家，矿里花费太大啊！"

几年后，这位矿工的妻子，成了全国煤矿战线著名的劳动模范。她，就是龙启妹。

煤矿，有多少像龙启妹这样的矿工妻子啊！我真想写写她们。

当我下定决心要写那些平平常常的矿工妻子时，我那些年在《涟邵矿工报》做记者时，穿行在这百里煤海，听到过许许多多平凡而伟大的矿工妻子的故事，这时，都潮水般地从心里涌出来了……

五天，我就写成了这部五万多字的中篇小说《山道弯弯》。作品中的主人公，我就把她取名为金竹。使她成为一个隐含金竹山煤矿的形象！

我的第一部长篇小说《风雨山中路》，更是取材于金竹山煤矿土朱工区的许多人和事。作品中的许多人物，都可以在这里找到原型。有些地名，就直接搬进了作品。比如矿区旁的望龙山，就一字不改地用到了作品里。

1985年，湖南省委派了一批作家到基层兼职，深入生活。我被派到冷水江市，兼任冷水江市委副书记。

三年兼职，我在生活里汲取了丰富的文学养料。在这里，我创作了1987年由人民文学出版社出版的长篇小说《美仙湾》，冷水江的麻溪、沙塘湾、冷水巷，就成了小说里的大仙湾、二仙湾、三仙湾，统称为美仙湾。我在这里听到许多感人的故事，如老市委书记为解决企

锡矿山红军长征纪念碑前打个卡

业缺车运材料的困难，用上级配给自己的小汽车，换回大汽车给企业……为此，我写下了散文《小城和他》，《人民日报》发表后，《湖南日报》等多家报纸刊发胡代纬等评论家的评论。我接连写下了散文《年轻的城》《太阳城》《地下城》《红日岭》《白果岭》，交《人民日报》《工人日报》和《湖南日报》发表。这一两年里，我写了反映冷水江方方面面成就的散文、报告文学数十篇，并结集出版了散文集《太阳城——市委书记手记》。

1988年，我结束在冷水江的兼职生活，转点益阳，兼任益阳市委副书记。我躲在安化廖家坪水库，创作了长篇小说《桥》（1992年由作家出版社出版）。小说里的许多素材，也是取材于冷水江。

冷水江，我的文学富矿！

冷水江的煤矿，我的精神家园！

原载于2019年8月12日《中国艺术报》

山村弄潮人

下了高速，我们的车，就进入了县道、乡道，朝着一座大山的深处奔去。时令已是盛夏，山上的树木、花草，进入了生命最旺盛的时段。山色，虽少了暮春、初夏时的嫩绿鲜活，变得深沉、厚重，但这也无形中给大山增添了几分成熟和稳重。只有到了这个时节，大山才显现出它的真色、本色，才能使人们品味到什么是“厚重如山”。

这座山，叫龙山，坐落在涟源、新邵两县交界之地。海拔1500多米，可谓是湘中第一高山。早年，这里土匪出没，直到新中国成立后，这个旧社会的怪胎才从这里消失。大凡出匪的地方，都是世间最穷的地方啊！

我们的车，直往大山深处奔去。两边浓绿的山岭上，一幢一幢式样新潮、装修漂亮的小楼，不时从眼前映过。每个院落，规划得入时，装饰得脱俗。这哪是农家小舍，简直是一个个都市的高档小区啊！

很快，崇山峻岭间，出现一个稍微平缓的山谷。山谷里，冒出来一片街区。街道开阔，商铺林立，一派繁荣之景。

“到了？”我不禁问同行的老周。他就是从这个大山里拱出来的。

“到了，过了前面那条街，就是石门工业园了。”石门工业园，是由这大山腹地的石门村于20世纪90年代初创建的，是湖南省最早的乡村工业园，也是湖南省第一个省级农村改革试验区。

早在20世纪七八十年代，这里一些大胆的山里汉子，就走出山去，奔广州，闯深圳，摆地摊，倒卖小商品，赚取差价。难怪有人说，如果有人问：“在涟源，市场经济意识觉醒得最早的是什么人？”对方准会毫不犹豫地告诉你：“那是一群茅塘山里的人。”

坐在我旁边的老周，一个年近花甲的“资深美男”，就是这些茅塘山里人中的一位。那一年，他以优异的成绩从县城一中高中毕业，本可以进入大学深造。无奈他是家中的老大，他下面，还有几个弟弟妹妹。父母负担重啊！作为老大，应为父母分忧。于是，他放弃了上大学的大好机会，然后进入了乡村小学，做起了一名民办教师，每月赚取八元钱的工资。不久，弟弟初中毕业，跟随舅舅外出做生意。半年后。弟弟带回三百元钱，交给父母。半年三百元，岂不是除去开销后每月还赚了五十元？这是他这个每月八元工资的民办教师的多少倍？开初，他不信，担心弟弟在外干了不正当的事。夜里，两兄弟睡在床上，他问弟弟：“这三百元钱，真是你这半年做生意赚的？”“不信，你去问舅舅。”问过舅舅，他信了。于是，他毅然决然辞去了民办教师之职，跟着弟弟到外面做生意了。

“我到外面做生意，还是弟弟带出去的呢！”这个已有上亿元身家的老周，笑着对我说。

朋友老周，在外出闯市场的茅塘山里人中，只是一个普通的代表。这使我想起，当年遍布长沙街头、贩卖塑料制品的人，都是操一口涟源土话的茅塘人。他们沿街叫卖时亲切的乡音，至今还萦绕在我耳旁……有数据可查，那时茅塘山乡，每一个村子，有一多半的青壮年男女，都在外面打拼，做着各种各样的生意……

十年过去，二十年过去。我们国家改革的步伐越迈越大，开放的

高铁从山村前面过

门越开越宽。茅塘那些最早置身改革开放潮头的弄潮人，一个个“鸟枪换大炮”了。从摆地摊摇身一变，成了在各个行业中，资金颇为雄厚的大小老板。如今，从这个穷乡僻壤起步的最知名的企业，当数现已称雄于全球的跨国公司——三一集团。想到这些，这些山里人就感到无比的自豪！这个公司的董事长一度成为全国首富。他就是茅塘镇道童村的。至今这个村里，还有当年他们租下队里（当时农村还是公社、大队的建制）的养猪场创办的焊接材料厂的原址，只不过今天成了三一公司创业的博物馆了。作为对乡梓地的回报，三一公司在离他们博物馆不远的地方，投巨资建了一所高标准、高档次的学校——湖南师范大学附属涟源三一学校……

很快，我们的车就开进了一个大院，这是茅塘镇政府。前些年因一群外出的山里人回乡办厂，建起工业园。原本只有几栋矮房、一条土路的乡政府所在地，数年之间，耸立起一幢幢楼房，一间间商铺，一条条街道，一座座厂房……一座城，从这个大山里拱出来了。

这是一座我国改革开放的春风吹来的城，这是一座由山村弄潮人自己造出的城！

自然，过去的乡政府，也改旧土房为新高楼了。名呢？也由乡变成了镇。如今，全镇三万多人，一小半入住在这座自己造的小城里……

在镇党委书记老戴的引领下，我们走进了三湘第一的乡村工业园——石门工业园。这是石门村在三十多年前划出土地创办的。最早入园的，是村里走进城去摆地摊的肖氏兄弟。因为他们在外摆地摊主要贩卖搪瓷制品。他们进园开办的第一个企业，就是一家搪瓷制品厂。

我们一走进这个气势恢宏的高大厂区，放眼看去，一间间偌大的厂房里，一台台机器设备，一溜地排开，一个个产品，从一块钢板开始，渐渐地变成坯胎、半成品，当它们在这条机器铺就的流水线上，走到最后，就成了这样那样漂亮的产品。

我们站在这里，一个个全都看呆了。只见成千上万的各种各样的搪瓷制品，从流水线穿过，变戏法似的源源不断地流来……陪同的朋友告诉我们。现在，他们可是亚洲最大的搪瓷制品厂。产品行销到世界各地。全国60%的搪瓷制品，是这个坐落于乡村工业园的山里人办的厂子生产的。

我站在一堆即将打包发往世界各地的搪瓷制品前，思绪起伏。这个当年进城摆地摊贩卖搪瓷制品的山里汉子，成了全球的“搪瓷王”！

旁边，是一个保暖瓶制造厂，也是肖氏兄弟开办的。陪同者说，这也是全国最大的保暖瓶生产基地……

肖氏兄弟，名字里都有一个“江”。五兄弟，即“五江”。于是，他们创办的公司，就取名“五江公司”了。现今，这个“五江公司”，已跻身全国民营企业五百强的行列！他们回乡入住在石门工业园的五江实业公司，年度总产值达7亿元。整个工业园的12家工业企业，总产值达14.17亿元。镇里的财政总收入达3325.66万元……工业园里的数千名员工，也都是石门村和周边几个村里的农民转变过来的。工业园，为茅塘山镇的农村劳动力提供了极好的就业机会。

漫步在这蒸蒸日上的工业园，观看如此气势的厂区，谁又会想到，这是一个由村里一群当年进城摆地摊的农民创造出来的奇迹呢！

从工业园出来，老戴硬要拉我们到山里的村民家看看。“随便去看

山村里的“工业园”

2024年6月，一群文艺家朋友在龙马岗周晚华家合影

两家，保准让你感到不虚此行。”老戴自信地说。

不一会儿，车子就停到了一库绿水旁，一座青山下。一下车，三幢气势不凡的崭新楼房，就出现在面前。院内绿树红花，院外青山绿水。迎面微风吹过，空气新鲜得不能再新鲜。我不禁感叹：真是绿水青山好家园！

一个四十岁开外的壮实的汉子，朝我们迎了上来。老戴说“他也姓谭，你的本家。”一下子，我们就亲近了。他告诉我，他们是从县城旁边的谭家院子搬过来的。到他这一辈，已是第四代了。他是显字辈，比我还高一辈呢！

老戴说：“他们三兄弟，都在改革开放的年代里跑到外面去做生意。如今，一个个都是腰缠万贯的老板了。于是他们兄弟一商量，就从陈旧的老屋场搬出来，选择在这个风景极妙的地方，盖了新居。”

就在前几天，朋友老周和他的叔叔想给自己在乡间的新居，搞一

蓝天白云与三一学校和新居相辉映

点文化装饰，让我喊几个写楹联的高手，为他们的新居写几副对联，取一个庄名、园名。他们富裕了，对生活有了新的追求。吃也罢，穿也罢，行也罢，住也罢，注重文化品位了。

车子一路从乡间公路跑过，只见道路两边，新楼一幢比一幢漂亮，院子一个比一个气派。车子沿着一条小河跑了一会儿。一拐弯，往一个山岗上走去。突然，路边竖着一块石牌，三个熟悉的大字映入眼帘：龙马岗。这是我的老友、湘人书法名家、中国书法家协会副主席鄢福初所书。

“龙马岗。这名字妙啊！这是你们的祖先对你们后辈寄予的希望，希望后人们一个个如猛龙似骏马。这也是他们留给你们的财富。”我们连连称赞这个名字，并对老周说，“还要我们来取什么名字啊！老祖宗留给你们的名字挺好。你们的庭院，就叫龙马堂或龙马庄吧！”

过了这块石碑，一个漂亮的农家院子，一幢新潮的小楼就出现在我们眼前了。这，就是老周叔叔周晚华建在老家的宅院。晚华虽然长超贤（老周名）一辈，却比超贤小八岁。据说，资产也比超贤雄厚……

如今，在茅塘山里，你随便往哪家走，几乎都是叫得响的老板！可我们在与这对周姓叔侄闲谈时，他们却攀着我的肩膀说："改革开放前，我们这里，可是一个小伙子讨不到堂客的穷地方啊！"

这句话，一下子让我陷入了沉思。这大山冲里的过去和今天，两相对比，多么发人深省啊！

过去，这些山里人，从山村走向城市，后来，他们又从城市回到山村，最后，他们把山村建成了城市！

这，就是茅塘山里人走过的路。这是一条奋斗的路，一条光明的路，一条致富的路！

原载于2024年7月31日《中国艺术报》

后记

收在这本集子里的，是我写故乡的一些纪实散文。故乡，是每个作家创作的养料库。我毫不夸张地说，自己所有的作品，无论小说还是散文，都带有浓浓的故乡印记。只不过选进这本集子里的，全是真有其地、确有其人、实有其事的全方位纪实散文。

出这本书的缘起，是今年元旦，故乡的一座古桥修复完成，举行落成典礼时，故乡的人把我喊回去参加。回到长沙，我写了一篇散文《故乡的桥》，发表在《人民日报》上。一天，接到同乡老友夏金辉的电话。他当时因病在广东阳江住院。他说他看了这篇文章很激动，建议我把自己写故乡的这些纪实散文，收集出来成一本书。

不久，我又与故乡的一群朋友，到云南普洱茶产区旅游。在与朋友闲聊时，无意间又说到这件事，同行的周超贤，是一个事业有成的企业家。他力促我赶紧把这本书编出来。书出来后，他要购买一批书，捐给故乡的农家书屋和中小学图书馆。

从云南回来，我就收集了这些年散发在《人民日报》《光明日报》《经济日报》《工人日报》《湖南日报》《十月》等报刊上的三十多篇纪

实散文。其中多篇曾收入过我过去出的集子中。为了使这本书的视觉效果更好，做到图文并茂，便邀上摄影家、娄底市摄影家协会常务副主席严伯霖，到散文所写之地实地拍摄照片，作为配图编入书中。我对他说，照片不一定全是反映散文所写之地的，把故乡最美的风景都拍下，放入书中。让故乡的人看了后，为自己生活在这块土地上而感到自豪！

因为写这些文章中的某些篇章的时候，我曾在《冷水江报》工作的弟弟谭速成，当时就拍有实景照片，于是也嘱他从他的摄影档案里挑选一些，放进书中，使这本书更具历史感、真实性。

另外有几张是朋友当时抢拍的镜头，在照片的相应位置有署名。严伯霖和谭速成二人所提供的照片，就没一一署名了。

我、周超贤、严伯霖和谭速成，都是从娄底这块土地上走出来的。娄底，是我们生命的根！于是，我们在书的扉页上，郑重地写上这样一句话：谨以本书献给养育我们的故乡！

我们特意邀请同样是这块土地上走出来的书法名家鄢福初为本书题写了书名。

谭谈

2024年盛夏于贵州盘州湾田盛世小区